徐社东 著

孩子与世界

经济日报出版社

图书在版编目（CIP）数据

孩子与世界 / 徐社东著. -- 北京：经济日报出版社，2022.5
ISBN 978-7-5196-1095-1

Ⅰ. ①孩… Ⅱ. ①徐… Ⅲ. ①散文集–中国–当代 Ⅳ. ①I267

中国版本图书馆 CIP 数据核字（2022）第 077691 号

孩子与世界

作　　者	徐社东
责任编辑	王　含
责任校对	蒋　佳
出版发行	经济日报出版社
地　　址	北京市西城区白纸坊东街 2 号（邮政编码：100054）
电　　话	010–63567684（总编室）
	010–63584556　63567691（财经编辑部）
	010–63567687（企业与企业家史编辑部）
	010–63567683（经济与管理学术编辑部）
	010–63538621　63567692（发行部）
网　　址	www.edpbook.com.cn
E – mail	edpbook@126.com
经　　销	全国新华书店
印　　刷	成都兴怡包装装潢有限公司
开　　本	880mm×1230mm　1/32
印　　张	7.00
字　　数	170 千字
版　　次	2022 年 5 月第 1 版
印　　次	2022 年 5 月第 1 次印刷
书　　号	ISBN 978-7-5196-1095-1
定　　价	50.00 元

目录
CONTENTS

外星人早

一个冬天，早上有大雾，大雾流走。一个小女生在走，头上戴着帽子，耳朵上戴着毛茸茸的套子，校服外还穿着蓬松的羽绒衣。在温暖的杭州，冬天来了都很兴奋，特别是这些新人类，时尚用品一定要派上用场。

有两个男生背着书包从大雾的另一头来，一拐弯，我们几个都碰上了。他们中间一个对那小女孩兴奋地打了个招呼："外星人早！"

顿时，我就有雾失楼台、不知今世何世之感。我很感激那个少年，他很有感受力，他启发我对那个大雾流走的早晨进行美好的想象。

为什么我没有他那样的想象力？是谁剥夺了我这个成年人的想象力？唉，要是能回到少年时代有多好，要是我重新具有少年的感觉和认知有多好，要是我能用少年的判断力来判断这个世界上的事物有多好！

另一个中午，不记得是秋天还是春天了，我坐在办公室里，另三个小女孩也在。她们在帮她们的老师做什么，叽叽喳喳说个不停。听她们说话，就是一种享受。她们从中东说到杭州，从下沙说到三墩，每一个话题都蜻蜓点水，一带而过。

年轻就是快，年轻就是愉快，少年就是取消深度。她们语速快得让人的脑筋跟不上，后来，她们说到某个学校的某个老师不幸去世，其中一个小女生天真地说："喂，我们老师怎么不死啊？"

她说得那么轻快，那么没有心计，那么没有恶意。无心快语啊。另两个依然在叽叽喳喳地说话，理也没理她。我立即做出了反应，说："你刚才说什么？"

这一下，她们三个都紧张起来，赶忙从我脸上寻找我的意思。那个说错话的女孩说："老师，我……并不想骂我们的老师，我只是想，要是我们老师死了，就不用做那么多作业了。"说着，她就恓惶地等待我的处罚。我卸下身上一套十吨重的盔甲，说："哼，没那么轻松的，一个老师走了，很多个老师又会来的！"

她们一下听懂了我的意思，高兴得大笑起来。她们反应很快，就像刚才害怕来得很快一样。我完全可以把那句话当一个极端恶劣事件来处理，但我突然愿意回到少年的位置上，用少年的口吻来和她们说话，来理解她们的话，那一句咒骂老师死的话并不是故意的，也不是恶意的，不过是一个简单随便的感想而已。

一旦回到直觉时代，回到形象思维阶段，这个世界就不再是现在我们所判定的世界。一旦我们像少年那样判断事情，这个世界就没有许多由成人发起的纷争和战斗。我们其实很容易改变生活，只是我们不愿意去做。用少年的眼光打量世界，将到处都是新奇的事物，没有太多物质是非，没有许多道德是非。

少年的感觉是不重复，轻快，跳跃。少年是行动派，他们每天都在纤细地感受，触角深入到一个物体的所有缝隙。他们跳跃，他们只和自己的人说话，他们幻想，他们对生活抱有和我们不同的态度，因为他们活在我们大人创造的荒诞现实里，他们必须排斥。他们的内心永不枯竭，永远涌动着全新的内容，他们有他们的领地和神秘活动，为我们不懂。豆芽一样的少年，韭菜一样的少年，瘪稻壳一样的少年，纤细的少年，是一个个情感丰富的人，而最可贵的还是他们的判断力，像赤金一般无瑕、纯真！

用少年的感觉知遇世界，会有新的发现。我们将不功利，将会很轻松，将会青春永驻、永不苍老。

一旦回到少年阶段，这个世界就不是现在的世界，我们就会重新焕发生命，这是肯定的。用少年的眼光打量世界，将到处都充满着新奇、阳光和诗意，而我们今天愿意像猫玩抹布一样，半天玩一个空洞的概念。我们已经关闭了自己新鲜、丰富的感官，而习惯让别人代替我们体验生活、感受生活、判断事物。

艺术家落难

岳坟那里是好几条路的交叉点，游人从曲院风荷出来，从白堤、孤山一路走过来，都汇拢在这里。这一带有大树、草皮，湖光山色。旅游旺季，岳坟前头一股股人流摩肩接踵，小旗子旅行帽，杂沓纷呈。草坪边缘的沿湖路径舒缓细长，湖水、荷、亭、石椅、碑、游人，都简明疏朗。人在画中，画在水中。

靠近这里的苏堤第一孔桥上，有一个吹笛人，用他那没有太多专业化卖弄的笛声，用一种朴素的人间烟火味儿，吹着江南笛韵，恰如其分地惊扰着游人，给人的感觉就是天衣无缝，好像在那一带的风景里边，就少不了你行吟江湖的婉转悠扬的笛声。少了，这西湖边这人间天堂就要土气。每次都免不了要走过去。每次都看见他那么端坐在桥边，横着笛，专注地吹。他的面前地下有一张纸，纸上写着：艺术家落难。不管是谁扔下了毛票或镍币，他都不屑一顾。他的胡须不是很多，似乎并不能说明他就是艺术家，但他的笛声能吹得这里的桥欲断不断，这里的水漾动不息，远处的杭州城若真若幻。他的笛子也算不上是能上得了台面的笛子，但他敝帚自珍地缀了缨饰。他的其他一切，包括他的席地盘腿坐，和纸上的墨迹，都说明他在落难，就如他自己所写。他的笛声在诉说着一个朴素的真理：好笛声并不一定从好笛子里吹出，艺术家不一定就恰巧能寻觅到这一块能抒发性灵的地方。

　　我看着他，逗留了一会儿，一言没发就走了。游人看看他，也走了。他的笛韵送得很远很远。苏堤也很长很长。当然，他抽空歇息时也拿起矿泉水瓶喝一口，他收摊的时候，也会拢起角儿点数一番的。他的动作举止里都有一招一式，他的睥睨一切的眼神里并没有责怪谁的意思，也没有矜夸炫耀他流浪艺术家的独立自由、无拘无束的成分。他的民乐是纯粹的。他的艺术一定是艺术。

　　他的眼里有那么一点点悲悯，游人散尽，笛静无声，该在天堂杭州这一座城的哪里找到歇宿地？他的摊前"艺术家"的名号叫他犯愁，既不能归到正人君子一列，又不能划入流浪乞丐一类。既没有床，又没有屋檐。

　　他到底是谁，怎么走到了这一步，这是他要的人生吗？他在江湖上有没有行使骗术，艺术家是他自己给自己的称号？他应该怎样过一个平凡但有意义的人生？

丑小鸭复仇版

安徒生出身卑微，一个鞋匠的儿子。他以丑小鸭自况。

他创造的丑小鸭，面对歧视、排斥和冷落，一个孤独的个体，在冰天雪地的池塘里凄苦地旋转，仍还想着变成高空的天鹅。它拼死也和天鹅接触，向它们游去。

安徒生是善良的，他出身低微却不偏执，他知道你若恨这世界，你断定不会成功，他是伟大的童话作家。

善良是童话的本钱，善良是童话的良心。这个世界应该允准弱者来写童话，他们会给我们善良的梦想，而不要让那些自大狂者来制造暴力童话，那会引导我们变态和走向毁灭。

当代童话就是这样。

如果丑小鸭到了当今游戏程序设计者手里，那一定有男生版和女生版两种。

小女生版会说那只丑小鸭找到了一只比自己更丑的丑小鸭，它们挑逗 10 年，约会 10 年，闹别扭 10 年，最后胜利结婚，男耕女织，不知今世何世。

男生版则一定是复仇主题的。可怜的小鸭将苦练武功，900 天不说话，然后去打劫银行，用非法获得的钱款买来装备，全身武装好后，挟持一只美丽的天鹅来搁枪管，便于瞄准，还把所有歧视、伤害、冷落它的动物打死，部分的打残。

它一路打杀，丧心病狂，最后只剩强手和自己作对。丑小鸭把遗书写好，把保险单烧了，用电脑向国际恐怖分子发去一串神秘的符号。然后，它拧断那只无辜的天鹅的脖子，来到了那个当初逐出它的人家，拿出遥控器，它的鸭脸阴冷着，张开大嘴，在10年内终于说出了第一句话，是："哈哈哈哈，知道老子是谁吗？去死吧！"

"咣"的一声爆炸，那户人家和丑小鸭一起化为灰烬，消失在人间。

这就是血腥的、恐怖的、变态的丑小鸭复仇版。

这个丑小鸭没有梦想，它只要复仇，它的生命使命就是作为一枚人体炸弹，复仇。

如果是好莱坞版的丑小鸭，那场面还要恢弘盛大，一定会出现一千万只偏执的、暴力的丑小鸭，它们组成海陆空战队，立体地向迫害它们的动物战斗，把自然界和人间打得天昏地暗，汽车成弹丸，高楼顷刻被炸，最终，整个世界和它们同归于尽，复归亘古。

若是金庸版的丑小鸭，那这只丑小鸭就要到雪山之巅去练一种奇妙的鸭拳，只要它一发功，太平洋里就刮飓风，长江大河水倒流，然后，所有的人被它变成了螺丝虾米，被它吃掉。

一个儿童看善良版的丑小鸭长大，和看复仇版的丑小鸭长大，一定是不一样的。

有些儿童觉得板凳会说话，树里躲着精灵，厕所里的鬼也会笑，他们觉得这个世界好玩。而有些儿童会觉得绿色草皮会爆炸，白云里突然出现武士，米饭里有地雷，奶奶是巫婆，手里还有毒针，爷爷像本·拉登基地组织成员，爸爸是007的人。

他们远离了善良和爱，我们只能用更多的爱去唤醒他们。

这个世界上有人靠催眠赚钱，有人专门做唤醒工作，但使仇恨者有善良的理想和爱心，比较困难。

如果某一天所有善良版的丑小鸭都失语了、灭绝了，这世界上只剩下偏执复仇的丑小鸭大行其世，那时，我们也只好把它作为反面教材，告诉我们的孩子：这个故事的主题是告诫我们不应该像这样生活，人应该建设一种新的、跟它相反的生活，那才是人类健康的理想。

但千万不要说，作为一只鸭就要努力学习生蛋，等生完了鸭蛋后，再来生鸡蛋，这会培养出一只平庸且变态的小鸭。

还是应该感动

成人自学考试杭州某考点。

有一堂，有一位军人来了，穿着军装，他先是坐错了座位，后来找对了座号，是 12 号。正式坐下以后，他以他习惯的姿势摘下了大盖帽，平放在桌上。铃声响了，考生开始答题。考堂内各色人等坐成一个小社会。证件反映那位军人是张家港人，在杭州当兵。巡视时，突然有惊人发现。那军人的帽子上用圆珠笔写了字。仔细看去，分明是一个人的姓名，显然还是一个女性的姓名，还有地址、邮编。

这并不是一个军人的记事本的故事。帽顶上的女性，你太崇高了，你太荣幸了，你崇高到了军人的头顶上，崇高到了太阳底下。是一次什么样的邂逅？一次什么样的青春遭遇？又潜伏了怎样的一个故事？人生太丰富了。

又一堂，一个年轻的女性来考，20 岁左右，穿着一条背带裤，既像个学生又像个成人。开考之前，她忽然拉开了胸前的口袋拉链，出人意外地从里面贴胸处拿出一封信来，轻快迅疾地在信皮上做了个亲吻的动作，然后又立即把信封翻过来，用圆珠笔在上面写呀画呀的。这是不允许的。巡视过去，毫不客气地没收了她的信封。她神情坦然。看一看她的所写，原来是这样的几个问题：

你热爱生活吗？

热爱。

你有信心吗？

有。

你会永远奋斗吗？

是的。

这好像是她的心理体操。真绝了。多么聪明的女孩！世界将因之而多么美丽生动！

另一个感人的场面出现在湖滨一带。

庆春路道旁搭起了广告牌匾，牌匾有一整个篮球场那么大，仄着竖了起来。清晨，广告美工就爬上了脚手架，开始工作。跳板悬在空中。人们在他的下面的人行道上有秩序地行走——生活行进顺利。7点多一点，广告美工睡着了。无人干扰地睡在高空之中。仅仅靠着一根直立的毛竹。三面虚空，离地五丈。

早晨不知不觉的行人不知不觉地走着，目击了这一空中奇迹的人止步吞声。这是早晨最让人对生活感动的一景。

广告美工的身边的桶和刷把静穆着。裤腰上的 BP 机无人传呼。他的身背上滴满色彩。那件外套说他做过一百个大牌匾。

我们似乎已经越来越冷漠，被某种东西深深触动，那已是很久很久的事，连儿童感动于事物的年龄也在一天一天地缩短，爱心变得可以操作，而我们却说人类成熟了。

该感动的时候，我们还是应该感动。

王尔德的眼泪

英国作家王尔德写《快乐王子》时，他是快乐的还是痛苦的？

快乐王子整天忙于自己的幸福和快乐，没有时间顾及人间的疾苦。他死后，别人把他塑成金像，他被固定了，站在一个固定的高度，有了一个恒定的视点，因而得以观看天下人的不幸。他决心帮助穷苦人，为帮助他们，宁愿破碎自己的金身也在所不惜。小燕子先是拒绝了王子的请求，不愿意为他速递东西给穷苦人，它要迁徙到埃及那样温暖的城市去。可是后来被打动了，留下来，留下和快乐王子一起帮助需要帮助的人。偶然到来的歇脚过夜的小燕子，参与到为别人谋福利的事业里。对于一个飞行的动物来说，如果不能爱别人，那么人世的奔波又有什么意思？遗憾的是，当它的生命写入了意义时，它已经冻死了。

快乐王子生前快乐，他快乐是因为他不知道大众的疾苦。快乐王子死后痛苦，他痛苦是因为他知道了人间的不幸。作为一个完整的快乐王子，他的精神是分裂的，一半痛苦、一半快活，一半麻木、一半觉醒。小燕子一开始的拒绝也显得很真实，她不是一个假冒的英雄主义者和虚假的理想主义者，它有自己的生活，你必须要真正打动了她，就像雨水打动树叶一样，她才愿意为你的正义事业献身，才愿意放弃自己的个人追求而融入到你的事业里来。

如果我们的城市是一座没有快乐王子的城市，会怎样？人们发现不了别人的苦痛？不，不仅是这样。按照王尔德后来的故事，人们后来推倒了王子雕像，人们又生活在寒冷和饥饿之中，没有人关怀穷人，哪怕是居高临下的帮助也没有。没有快乐王子的城市就是这样。

快乐王子并不是一个人，他是一双发现的眼。一座城市怎样才能成为一座慈善的城市？我们只能从它的反面知道：一座没有快乐王子的城市，是悲情城市，人们只会生活，人们的爱的作业只会停留在早期的童话里。

现实的纷乱破坏了王尔德的清晰的叙述，他的童话以悲剧收场。这似乎不合童话的常规。我们这些读者的认知也开始出现混乱。我们分明感到，快乐王子流泪了，一直在流，他流的是王尔德的泪。

王尔德是有爱心的，所以他有眼泪。

王尔德感到悲观，所以，他把自己的泪借快乐王子的眼流出来。

真实的快乐王子是铅心的，真实的小燕子的死也就是一只飞鸟的死。唯有一个作家的心怀才是最可感佩的，真正具有爱心、具有怜悯心的人，是这个世界上的艺术家。艺术家是善于剖析的人，甚至是自虐的人，他们的精神处于分裂状态，但他们把人活着的真实处境揭示出来。但是，撇开童话，王尔德可是一个妙语连珠调侃一切极具争议的毒舌九段，你知道吗？在王尔德这里，童话完全可以和别的作品一样深刻，他的思考已经超越了一切形式上的规制和范式。

美是幸福发出的邀请

办公室一下搬上了高楼，杭城在我们的眼里一下也由遮幅式变成了宽银幕，由标准镜头变成了大广角。新大楼宽阔，开敞，四面通透，视线可以往杭城四面八方跑马。世界上最好的镜头应该就是这人眼，它的景深棒极了，视野也棒极了。

秋日越好，秋日早晨的雾气就越重。杭城这时开始出妆。太阳先把西边的楼群照亮，此时东方通信、世贸中心、国际花园、伟星大厦开始风光。朝阳迅速地穿透了早晨的湿气，天空明朗而洁净起来。

文教区内的地面上下，满树的月桂已经香了一夜，早晨还在一树一树地互相启发。路面上的车流被成阵的绿树一截一截地埋伏着。招牌、路灯、人流、绿化带，一切纤细生动。一条整饬的大道，只要有了一幢拔地而起的新楼，整幅图景就变成了三维立体。杭城这几年耸动起来了，成立体了。一些秀丽的楼体横空出世，来得越晚，便越新。以之江饭店为北限，武林广场一带楼群和中河一带、运河一带的楼群最为密集，群楼以一种最自然的潇洒不羁的姿态站在城市的底座上，分布在天空中。不管是什么，只要挺立在空中，就是美好的，因为它永远以云天为背景，不管你从哪个角度看，都是。它们会最先承受阳光。有时周围一切都在阴影里，唯独它一枝独秀、烛照南天，墙体玻璃被照得绚丽辉煌。等云霞浮上天际，它便溢彩流光。武林广场四周，以每年几幢的速度在破土而出，先是黑森森地裹着绿色保护纱，后来立马就在阳光下露出笑脸。有的不是一怒冲天，而是双峰相伴。有些楼不光高而且厚重，简直就是一堵城。某些商业广场或某某中心则航空母舰似的，它们就是这样的一种现代化的大家伙，倒立在空中。放倒了之后，还像是倒立。高楼苍苍姿态各异，时时风情万种。这一座欣赏那一座，每一座都心思不同。楼群成了横幅风景。一座城市的楼群群体是一种宽阔的美。我们开始了与立体的城市为伍。我们每一个渺小的人都可以免费地坐拥群楼。

人应该和人待在一起，所以人发明了城市。事实证明人们并不喜欢荒郊和独处。

每天走上高楼，与群楼为伍，心中有许多感慨。靠西湖那边，照例是楼矮下去，山出来，山外青山也全部中国折扇般地打开，出来。从我的这个视点位置，可以看见宝石流霞全景。六楼是个恰当的高度，能俯看地面，又能稍稍平仰着看见城市全体楼群，上下都美。若是登上绝顶，会对底下失望的。待在底下，则对绝顶失望。城市安排一部分人赚钱，安排一部分人赔本，还安排另一些人做些寂寞的游戏。但是，每个人都需要城市，需要城市的路面、城市的车辆、城市的温馨。城市是个大家互相以对方的体温取暖的所在，每个人都需要别人。富人因为穷人而更富；富人已经不吃过多的油荤，穷人因而胖起来了，这和一个世纪以前正好相反。现在，是雇员呆在老板的摩天大厦里，老板在度假，他们双双获得了幸福。做寂寞游戏的人获得了观察。城市是每个人的所需。

给城市来一次定格，然后，我们把它的剖面扫描一下，我们就会发现：飞机静止在空中；人分层分层地立在空中，有太空音乐和咖啡，和案卷；车辆阻塞了道路，买车的却在排队；人越来越多地往共同的空间里集中，来 Shopping 和 Play。给城市的人员构成来一个社会学分析，马上就会发现：工程师的旁边坐爆破专家，从银行出来的人后面跟着小偷，行贿者正在和受贿者共进晚餐，美容小姐正在消解着一些人多余的精力。他们都以对方为对象，大家都在为自己而活着，连那些勤勤恳恳的公仆。城市让所有的人共同富裕起来。其实并没有某一种寂寞的人在打量、观察着。这一种人在城市缺席，这一种人并不拥有自己独立的身份。

坐拥楼群，足可慰藉。波德莱尔说，人不可能既得到蓝天同时又变得富有。每一个坐拥楼群的人，都将不再是既贫穷又微不足道的人。静对一座城市，当你感到非常孤独的时候，你其实已经把什么都看成了无物，把什么都看成了与你两不相干，其实，你已经有了，你已经很强大，你坐拥时空，胸中有了真意，城市的楼群的美变成了你眼里的三维立体的另一种形态的美。此种艺术的美比现实的真和道德的善更高一层，是精神上的无得失状态。当你在某一个时间里，面对着城市的楼群，感觉到了这一种美的时候，你会心一笑。

马塞尔·普鲁斯特说，美是幸福发出的邀请。

替大禹捶背

3月里，农历还在正月尾子，我们抵达绍兴。天气不错，春天已经可以感觉到了，春纯粹和气候有关，和阳光与温度有关。

我们先到达柯岩景区。这里在绍兴市郊，感觉里，满眼的越人，偶尔看到几个拉车的戴着乌毡帽，特别有情调，害得我在看那天下第一石时，心里一直想着如何去买到一顶绍兴毡帽。这种感觉无法摆脱……巨石被伐，剩下的巨石成穹庐，人卧在里面成一个小点，这一种风景里面是否有越人的精神风貌，难以穿凿附会。柯岩景区的山上，竹廊道，木头路，浮在山脊上，通往在建的一座辉煌的庙宇。实在不行的话，就在别人的头上买顶毡帽吧，景区门口的车夫们头上就有一顶很地道的绍兴毡帽！

这个小小的愿望后来在我们来到大禹陵时变得很容易实现。稽山脚下，繁茂树林深处，躺着没有官场作派的皇皇大禹陵。树木是一种能吸音的消除噪音的天然物质。禹祠有副联，叫"轨范绍百世，德泽被万方"；庭院里有梅一株，玉兰一颗，禹井亭下有一口不张狂的井；细砖铺了路，在回廊下，在葱茏间；有一个门，被几片老竹子封住了，朝里一看，关着一园芳草，几茎绿竹。

就是在那个地方，有人朝我喊，说买工艺品的地方有乌毡帽卖，让我去现场看货。那一喉咙喊得有点闹。当时我刚看完被人冷落的旧禹祠景区的一处标志性建筑，正在看周作人于1986年题的一副联旁的印章，其篆文的"人"字被镌刻成一个跪叩的图符，头背平齐，四肢着地，惟妙惟肖。

我跑到买工艺品的地方，是有一叠乌毡帽。可能是春阳暴暖，拿在手上感觉太厚，翻过来一看，发现是山东制造的，就放下了。以往在北京就看见过绍兴毡帽，也没买，就是嫌原味汁水不够。于是，改买了一管箫，是仿玉箫，还在一堆工艺品中买了一把小捶背，没有买老头乐。

小捶背有两种，一种是锤身界面上另添了小突触，以舒筋活血激活脉络的，一种是普通的无突触的。一时之间，我们一道来游春的人中间，好几个人都买了把小捶背，在腰上腿上背上啪啪啪啪地发出竹板响。

在往禹穴和禹陵行走的过程中，一位美好的女性把上衣系在裤腰上，拿了我的箫一路吹着。

大禹陵的大殿别有一种肃穆在。我们进去后，都停止了声响。小声的说话声，在那里都以一种奇特的声音形态传播着。其实，要按大小规制，一些普通的宗教殿堂都比这儿要大，朱元璋陵、中山陵、始皇陵也比这里更气派。这里康熙的题词是：江淮河汉思明德，精一危微见道心。乾隆的是：绩奠九州垂万世，统承二帝首三五。这里的人不多，这里也不是旅游热点，但我们觉得大禹是帝王们尊崇的师，当我一下获得这种感觉时，我觉得好极了。

抬头看大禹的塑像，我们敬仰他。大禹很瘦、很黑，为了治水，身为民众先，身后插把木锹，三过家门而不入，劳作得腿上没了汗毛。有人拿着没有声响的小捶背说："我们真应该为大禹捶捶背。"

是的，大禹辛劳之极，辛苦之极，他作为一个王者的形象就是一个带着工具拼命干活的形象，这在普天下都是少有的。因此，先民崇仰之，四方九州之人都认他做了祖先。大禹是一个普通的先民，他被推戴做了王，是因为人们缺一个领头干活的。文化记载了这样一个人，传播了这样一个人，文化没有记下他的缺陷，却记载了他的功绩，没有记下他的享乐，却只记了他的治水。在某些景区，我们可能会感到，某几个名人就能抬起一处风景，景因名人而更胜一层，名人也因景而扬名。只有在这大禹陵，我们所有的人都趴下了、匍匐了、渺小了、没有功名意识了，包括来此的帝王将相名流。大千世界，万方民众，官民上下，人活世上，各有筹谋，也各有主张，可是，我们在大禹身上还是能找到大家共同崇仰的一种珍贵物质的。

大禹是一位王，可人们从来没有把他当作王看待，人人都以禹称之，顶多也就是用大禹称之。这或许就是真正的王的特质。

我们愿意为大禹捶背。尽管这起自于一个说笑，不过这个说笑有意义、有蕴含，深刻、庄严、发自肺腑。是的，如果可能，我们很愿意为大禹捶背，这绝不是出于自贱和逢迎，只是因为大禹很累了。如果不是在大禹陵前买了一把小捶背，或许我们到今天还不会领会这些。

中午 12 点之后，我们又去了兰亭。

为孩子找到孩子

我用狄更斯《远大前程》电影做了一个多媒体课件。我惊奇地发现，小说主人公男孩匹普是学生特别喜欢的孩子，我问 CS 高手，匹普这个人如何，他们都说好。后来，我把课件带到保俶塔实验学校去上，发现那里的孩子也喜欢匹普。

匹普是个非常真实的人物。他在父母的坟地遇到了凶悍的逃犯，逃犯要他送来锉刀和面包，匹普从铁匠姐夫那里取来给他了。后来，匹普被带到情感受伤的老小姐郝维仙姆家，遇到了郝维仙姆的养女——美丽傲慢的爱丝黛娜，受到了百般羞辱。老小姐痛恨天下男人，她培养一个刻毒的女孩来完成自己的使命。而匹普忘不了爱丝黛娜的刺激，立志要做一个上等人。邻居教匹普要自爱，要去做一个高尚的人，而未必是一个上等人。命运突然改变，某一天，伦敦来了一个律师，匹普获得了一笔巨额不明财产，他到伦敦成了一个绅士。钱财来自早年墓地里的逃犯。他举世无亲，唯一的女儿（其实也就是爱丝黛娜）丢失了，他没忘记这个救过他的善良的孩子。

事实证明，我们这个时代的少年不是不喜欢真实人生，而是我们没有呈现精彩、真实的人生给他们。

如今，很多的女孩被奇花异草、美丽迷人、卡通搞笑的粉红色游戏吸引，从虚拟世界出来，冲着老妈亲热地喊奶奶。或者，我们的儿子从生龙活虎、壮怀激烈、血肉横飞、惊天动地的虚拟战场归来，到了饭桌，突然尿急，上了一个厕所后坐在山珍海味前紧皱眉头，不知今年是哪一年，然后，用拳头攥紧一双筷子，猛然插向红烧大排，愤怒地大嚼，问道：这面包怎么这么不好吃？

我们的少年如今在和谁玩？这些失去了孩子的孩子，他们获得了一个虚拟的世界，他们在虚拟的世界那里发育、成长。谁也不能再把他们集合起来。我们当年在空地上冲锋、在屋角躲猫和在月光下牵羊。

如果失去了真实，如果真实在我们的孩子心中缺席，这个世界的未来会怎样？他们用游戏卡通情境来理解生活和世界，将来也用它来构造世界。他们不思考真实，他们的思想原料都不是一手的。也许他们会更有想象力，也许他们会在沙漠上造楼，但是，那些真实的泥地空着干什么？危言耸听地说一句：这会改变人类未来的走向吗？

学校为什么不能成为孩子的乐园？难道国家要拿纳税人的钱去造一座座孩子不愿意不喜欢去的地方？这是不是一个荒诞的现实？孩子一放学就冲出校门，他们在逃避什么？现在的学校，是发明和制定条规的地方，是训练大家守规矩的地方，不是孩子的乐园。大家在一起比学习，不是比成长。他们在学校碰到了许多同龄人，可大家命运相同，都没有找到自己的伙伴。而相反，成人社会里的一切，都有了校园版、班级版。学校里的一切都不是孩子说了算。他们在自己的领地里却没有发言权，是管理他们的人在说话，他们是受抑制的个体。他们坐在伙伴中间，但大家都没有感觉到周围是可以游戏的伙伴。是谁制造了这一切？为什么没有充满着理想主义激情的人来做教育家？为什么不能为孩子找到孩子？

执　着

　　前些日子去朋友家，电影频道正放送港台旧片《青蛇》，闲坐着看了下来，竟发现这部港台娱乐片里还有一些沉重的东西。

　　是老故事，但影片对我还是新的。

　　这是一个动物孜孜追求做人的故事。人的意义，人的价值，人的尊严，只有从蛇那个角度看，才是多么的重要。

　　那青蛇腰肢扭摆，走不成人步，蛇性未去，流不出人泪的镜头，让我记忆尤深。

　　青蛇情感最炽热。在她看来，要做一个人，你必须得用情感生活，得有情爱，否则就不是一个合格的人——情爱与生命俱有，可她是蛇，这正是她的不幸。

　　但她正努力做人。

　　这里有至真人性。

　　执着追求做人的资格、到人间来不是来玩的、不愿当配角，青蛇比我们更懂得人生。青蛇的情是很具有人间烟火味的，青蛇的追求是执着的，青蛇生为蛇却这么热爱人生，法海生为人却坚拒人情，心灵要往天界去，这多么让人困惑。

　　人间遗憾多。青白二蛇终被镇压，被斥回"原籍"。

　　白蛇到底还做了一回人，青蛇只留下一声浩叹在天地间游走。

另外有趣的是，《青蛇》把许仙塑造得特别像我们常人。

当许仙窥破天机、知二人为蛇后，情感进退在两可之中，痛苦而又犹豫，懦弱而又无能，那几场人鬼情未了的戏，高妙地表现了一个正宗人对努力做人的弱小者的哀悯和同情。

但许仙有典型的人的懦弱：他没有勇气救助，他尊崇人间游戏规则，他剃发逃避。

看片过程中，我们还说一两句。看完片后，竟哑然。看来，这影片中有些内容还是很内在的。

彩色羽毛行动

有一次，我在杭州学院区乘 10 路双层大巴到湖滨电影院，人多，我看到了两个生动的女孩，10 岁左右，一个人扛着一根一米多长的彩色孔雀毛，雄赳赳气昂昂地踏上了踏板，上了二层车厢，把一车的人都惊呆了。整个一个双休日在这里达到了高潮。

彩色孔雀毛比她两个都要高，她们落座后一直竖在空中。大家并不知道这两个孩子在干什么，她们那是纯自在的民间行为，我们只是根据自己的理解来确定她们行为的意义。人最初是鱼还是猴子，并没有社会身份，人的本性也无视规则，整个的大众民间，呈现着纷杂闹嚷的热烈景象，都意义不明。

每逢周末，我都要在杭城瞎转悠，我这也纯粹是民间行为。花两块钱的硬币，能坐 11 路双层大巴从翠苑到城站一来一回。拣个上层的座位坐下，心放平稳，等一会子随着车走起来，看各站点的人上人下，听座位前后的民间话语，统统是一种乐趣。车厢是一个十分开放的社会，谁都可以放言。从文教区的商学院、财经学院、老杭大、师院来的那些女生张张嘴皮子都不简单，替谈话节目预备的。有一天，坐我后头有两个女生，背着小坤包，一上车落座就叽哩哇啦地生产了约有万把字的杭州话语，而且中间一律没有标点，停顿是由喘气造成的。我一句也没有听懂，直到后来其中一位笑得前仰后合笑噎住了，用手在她的同伴身上啪啪捶打起来，那时她才呛得没法，说了一句普通话。我听懂了，她说，你真可爱，真应该送你一张尿不湿！

话语中间还夹着笑和喘。坐进公共汽车里，可以治疗一种叫孤僻症的疾病，即使你平时不喜欢搞笑，即使别人搞出来的笑一般来说你也不笑，你还是需要待在人群里。尽管公共汽车上别人上上下下的意义都不明，但这并不要紧。

另一回我看到两个男孩陪一个女孩上车，三个人一坐下就大嚼语言的大餐，旁若无人。一个男孩臭另一个男孩：介恶的！臭得跟运河水一样！那男孩也用一句话回击他，一来二往，战况激烈。后来，两人就冷战了，而女孩成了国际和平组织，开始调停。她使出浑身解数，她成了话语中心，始终就她一个人在发布讲话。一开始，他们同时在嗑瓜子，后来一个男孩大概不吃了，脸看着窗外生着气。女孩表现得八面玲珑，一个劲儿地伶牙俐齿地说求求你了吃一颗吧，求求你了。那面子大概不好驳回，男孩就又入伙嗑了起来，重操旧业。三个人又说话。

女孩说，她一个人待在家里时，家里的零食都是忘了吃的，她说吃东西就是要有气氛，大家都有参与意识，才来劲。然后，她说她有一个弟弟一米八六，从不吃瓜子。这一下又激活了两个男孩，刚才生气的那个高个立即就讥讽另一个，说阿霞说她弟弟一米八六，那就是说打个八折也比你高！矮个开始自卫反击，两个男子汉又哄闹起来，互相攻击，还伴有武打动作，车厢里惊天动地，刀光剑影，女孩却超然物外，陶醉在其中。那一天车厢里人不多，大巴二层几乎就他们仨在演一台戏。我只听不说。

人活着，也就年轻那一段时光天不怕地不怕，什么都不在乎不放眼里。

我发现他们都在挥斥生命，都是彩色羽毛行动。

到哪里找到悲悯情感

如果你在这个世界上找不到悲悯情感，我劝你看看电影《耶稣受难记》。

《耶稣受难记》是一部充满了暴力和血腥的电影，一部让人从头到尾都沉浸在一种慈悲情感里的电影。观看过程中，你会不停地颤抖，你会不敢直面那些血淋淋的镜头，你的精神承受力将会面临一次巨大考验，你在生理上也会感到无比痛苦。从头到尾，你不会悠闲一次，更不会笑一次，你会在一种痛苦的体验中度过那 1 小时 36 分钟。

坚忍，残忍，悲悯，恶的暴烈，善的柔弱，都到了极点。人生的所有苦难，都在耶稣临死 12 个小时里得以展现。此生没有幸福，这就是现实。不过，人类如果都有此认识，那明天的世界一定是乐园。耶稣被出卖，被责罚，他在颤抖，在痉挛，他的皮肉像面包，他的血水变成飞溅的液体。当他痛苦的时候，有人在笑，有人在累得喘息，带有铁抓手的鞭子抽过去，嵌进他的皮肉里，然后被扯出来。这种责罚不是一次，而是无数次，而是没有限量，从他被捕来的路上开始，一直没有停止过。一直到后来，扛着巨大的十字架，扛着将要钉死自己的十字架上山顶，钉子钉进左手掌，钉子钉进右手掌，钉子钉进腿骨……

耶稣一直在宽恕所有的人，至弱者至善，至圣者至弱。他蔑视皇权，有什么好果子吃？他号召信众，他有什么资格？人们崇拜现实世界里的王权，人们把知道世界壶奥的人当作可以投石子的人。

罪犯被释放，善者被钉死。活在这个世界上，好人受罪，坏人逍遥，那这一定不是一个善的世界。如果好人可以安稳地活着，坏人不再使坏，罪犯都收藏起自己的凶猛，那也就是世界大同了。世界大同不是物质上的胜利，首先要是而且一定要是精神上的救赎。

我所看到的不是一个有着宗教情感的导演，而是一个有着艺术悲悯精神的导演。梅尔·吉布森在电影里让恶无限制地放大，让善承受，让一星半点的同情淹没在恶的海洋里。他这里将恶表现得越充分、淋漓，那里承受者的深度就被掘得越深。导演铁了心这样做。我是一个没有通读过《圣经》的人，是一个不知晓西方宗教史的人，但我看到了艺术的崇高精神。艺术，就是从情感上深深地震撼一个人的灵魂。

那些犹太人，那犹大，出卖主子的人，他也不是百分之百的卑鄙，他的良心发现了。我们应该允许恶的人有良心发现，这是一个良好的社会机制。犹大不忍心看自己的师长被责罚得遍体鳞伤，他去退回了出卖耶稣所得到的金币，但他不能执行一个重启动程序并让已经发生的事情不再发生，他到外面伤魂落魄地行走，一群一群的孩子追逐他，他跌倒在一头大牲口的枯骨前，头上是一棵大树的枝桠，他选择了自杀。自杀，对犹大来说，是一种赎罪。那几个从头到尾干劲十足的凶手，他们的狞笑，他们的狂态，他们的莫名其妙的兴奋，他们对自称为王者的语言亵渎，他们对人体罚所得到的快乐，早已经超越了体罚的目的，而暴露出了人性里的至恶。这种恶我们每个人心中都有，只不过在这里被他们所集中代表而已。

如果你在这个世界上已经找到了悲悯情感，那就以悲悯的名义去行走，去同情，去爱……

和自己搏斗

《百喻经》中有个蛇头和蛇尾发生争执的故事。尾巴对头说，我应该在前面。头对尾巴说，我一直在前面，怎么能到最后去呢。争执的结果，头果然在前了，可是，蛇尾就缠在树上，让它不得而去。后来又让尾巴到前面去了，蛇头马上又率领身子跌到火坑里去了。末了，蛇烧烂而死。

人类世界演进到现在这个状况这个程度，文明发展到今天这个样子，我们晓得，人和人的外部，即和人栖身的这个外部世界的搏斗，已经部分地降下了帷幕，接下来，人致力要做的就是和自己搏斗了，或者和人的替代物——比如机器搏斗了。

那么人自己到底是什么？人的一生，目标明确吗？你能逮得着自己吗？搏斗之前，敌人会出现吗？

人是最鬼的东西。人并不轻易显出真身，人在各种各样的物事里藏身，隐匿，最后可能把自己躲丢失了，找不到自己。人还制造出了大量的机械结构和系统，给它们赋值，或者一个人给自己的人生定了一个值、设定了一个密码，然后，就笑看另一个人去破解。人们互相之间在刁难。

作为整体的人类，他们就在和自己搏斗。

单个的个人活在世上，长长的一生，像条长蛇一样，到了中年，就会出现顾头顾不了尾的苦涩情状和尾大不掉的状况。人和自己的激战全面展开。越战越酣，杀得是羽鳞飞溅，血肉模糊。头要这么干，尾要那么干。中部越来越无能无力，没有主见，听从摆布，臃肿不堪下去，既愿意跟着以前的自己这么干，也愿意跟着宿命的自己那么干。最后，人会彻底失败。

人天天都在和自己决斗，人最终是被自己打败的。

同样在《百喻经》中还有一个故事，说以前有一个猕猴，手里拿着一把豆子，不小心掉了一颗在地下。猕猴一急，便舍弃了手中的一把豆子，要找那丢掉的一颗豆子。可那一颗豆子还没找到，那些手上洒落的豆子已经被鸡鸭吃光了。

人活在世上到底要抓住什么？这样一个本体论的问题到底该不该花时间去思考？像很多清醒的人们一样，脚踏实地地生活，要抓住什么？像很多坐禅的人们一样，参透天机地生活，又要抓住什么？

谁也不能永久地抓住一把豆子，谁也不能永久地抓住一颗豆子，一切都是瞬间的。世界的意义就在这里。

生命就是一个个孤独的人生，在单位时间里所做的游戏。每一个人生的内部都持续地在发生着惊天动地的激烈的战争，最后胜利的是时间，并不是意义。但生命自有它永恒的东西在。

姆妈我要吃豆豆

学生伢儿是新人类，对于陌生的东西都十分喜欢。实际上，回到当初，我们，每个朝代的孩子，都是新人类，我们也曾经是。孩子永远是潮的。

民谣来自民间，穷人富人共享，我们快乐时唱，玩时唱，辛酸时唱，一个穷光蛋，可以唱游一辈子……用方言唱，用故乡的语言唱，韵味更足。

在我们贫穷的时候，一无所有的时候，我们有它。

现在唱，年纪大了唱，很容易哭起来。

摇啊摇，摇到阿婆桥。

阿婆桥上跌一跤，

拾只花花大元宝。

又要买米吃，又要买柴烧。

买买米，买的青谷米；

买买柴，买的青竹梢；

买买鸡，买只孵母鸡。

咯蛋咯蛋叫得好。

阿婆摔跤了，倒霉了，却发财了，发财了干吗，去狂购。我们孩子，都是看热闹的人，发现热闹的人，寻找乐趣的人，我们不去救死扶伤，若去扶阿婆，阿婆还以为我们去抢她。读这个童谣后半段时，我让孩子们语言加速，他们玩得很欢。能带着他们玩，我也很开心。一屋人整齐地狂欢，是件很幸福的事。从中我发现了教育的真乐趣。然后，我跟他们讲电影《摇啊摇，摇到外婆桥》中的阿娇，张艺谋到杭州来选演员，选中了我们学校里的一个女生，去扮演一个女孩——阿娇。

《姆妈我要吃豆豆》：

姆妈我要吃豆豆，啥个豆？罗汉豆。啥个罗？三斗箩。啥个三？破雨伞。啥个破？斧头破。啥个斧？状元府。啥个状？油车床。啥个油？芝麻油。啥个芝？白小猪。啥个白？柏子白。啥个柏？老娘舅。啥个老？黄鼠狼。啥个黄？鸭蛋黄。啥个鸭？大水鸭。啥个大？天空大。啥个天？青青天。啥个青？板板青。

这首童谣就是穷开心啊，玩顶针。我说，你们一口气读完，在一起比比快，注意，憋死我不管哦。又让一些会说杭州话的孩子来表演读，韵味十足，韵律感特强。

我说，童年时候我们就是这样无厘头，不需要意义，需要的就是快活。现在我们到处找意义，找得好苦。最后把自己给找丢了。

《十稀奇》：

一稀奇，麻雀柯雄鸡；

二稀奇，蚱蜢柯田鸡；

三稀奇，三个姑娘变狐狸；

四稀奇，四只黄狗拜天地；

五稀奇，猢狲阿三烫粉皮；

六稀奇，六十岁老人坐车里；

七稀奇，阿婆媳妇淹死汤锅里；

八稀奇，八仙桌子放在抽斗里；

九稀奇，九十岁太婆扮新娘；

十稀奇，十块石头浮起在湖里。

这首童谣，我们是在战斗中读的。我把学生置于街舞的斗舞状态里，我说，你们喜欢的嘻哈、街舞，很多都是对着干的，看谁干翻谁。现在你们捉对厮杀，找一个对手，一人一句，看谁响，看谁流畅。

班上乱起来，但那乱，就是我欣赏的。哈哈，好热闹。一派鸡飞狗跳的热闹景象。我当然会做一些讲解，帮助他们回到我们大人熟悉的过去的场景里，毕竟这是我们的歌谣，不是他们的歌谣。

我说，孩子、少年，就是满世界找热闹，找稀奇古怪的事，第一桩稀奇古怪的事，就是小小的麻雀居然敢啄比它大许多的大公鸡，小小麻雀要来抢一粒米吃；第二桩，是蚱蜢攻击大田鸡，画面感是不是十分强，画风是不是十分威猛？第三桩，就是三个水灵又机灵的小姑娘，长着长着一下就变成了狐狸，一张小狐狸脸，招摇过市，那是很美的哦。四稀奇，是四条小黄狗拜把兄弟，以后一起混世界。后面就是猴子做小点心给我们吃；老人坐在小孩子的车里，每天烧锅煮饭的失足落水到汤锅里；老大老大的八仙桌，居然像俄罗斯套娃一样，装在小小的火柴盒里；还有，九十岁老太，梳妆得居然像新娘；石头叮到水里，居然浮在湖面。

都是稀奇古怪的事，都是我们孩提时要在这个世界发现的事物，我们不喜欢常态的事，不喜欢正常，我们喜欢不正常。因为我们不正常。如果大公鸡把小麻雀啄走了，就不好玩了，我们就会觉得没趣。如果石头轻易沉到水里，也没劲。如果十个孩子打水漂的石头瓦片儿，都在水皮上嗖嗖嗖，永不下沉，那才叫稀奇。

整齐的节奏和起伏有致的韵律，给我们更多的美和回忆。

杭州的民谣

天上一天星，

屋上一只鹰，

楼上一盏灯，

桌上一本经，

地上一根针；

捡起地上的针，

收起桌上的经，

吹灭楼上的灯，

赶走屋上的鹰，

数数天上的星。

这一首民谣投影时，黑暗的背景里，动态星光熠熠，充满动感，而文字是白色的。一句一句地呈现。我说，这一首民谣我只放一遍，你们就要会背。

这很有挑战性，但他们做到了。即便有人背不出来，别人的提示，也一下让他想起来了。我们集体背诵是在黑屏的情况下，只有星光闪烁，没有一个文字。

我们许多人在集体回忆一个古老的夜晚：没有电灯，没有电视，没有手机，没有社交软件，但天上有星，屋上有一只鹰，楼上有一盏灯，桌上有一本经，地上掉了一根针。安静犹如盘古。捡起地上的针，收起桌上的经，吹灭楼上的灯，赶走屋上鬼叫鬼叫的鹰，顺带数数天上的星，就可以会周公了。一个清苦的读书郎，一切资讯从经卷里获得，但他的心，和自然是那么的亲近。这民谣玩的是顶针，也押韵，找到规律，很好背。

下面一首是《骂狗》。表面骂的是狗，实际骂的是人。

世上有各种各样的狗，有顽皮狗，癞皮狗，有凶狗，有摇尾乞怜狗。我们中国人喜欢把小孩称小狗，这是喜欢的意思。但狗太多了，大多是要骂的。孩子们看到这样生活气息的民谣，都欢喜得不得了，他们见识正经文字太多了，这样画风犀利的文字，让他们大开眼界，他们一边笑一边读，从没有过的开心，每一句都是他们意料不到的。

咯只是个什么狗？稻草窠里翻跟头。这是一只偷吃狗，肚皮饿了爬灶头，吃饱肚皮困懒觉，一觉困醒翻跟头。

咯只是个什么狗？又摇尾巴又晃头。这是一只讨好狗，天生脸皮特别厚，骂它它摇头，拷它它勿走。

咯只是个什么狗？身上呒毛光溜溜。这是一只癞皮狗，两只眼睛乌溜溜，勿要睬伊快点走，当心让伊咬一口。

咯只是个什么狗？老是跟在脚后头。这是一只马屁狗，见人它就跟着走，三里五里勿嫌远，就为讨块肉骨头。

咯只是个什么狗？肚皮精瘪两头俉。这是一只懒惰狗，勤吃懒做呒人留，野狗众人欺，当然饿得精精瘦。

咯只是个什么狗？龇牙咧嘴大声吼。这是一只势利狗，眼睛生在额角头，见到穷人拼命叫，见到富人躲在门背后。

这种狗来那种狗，呒有一只是好狗。一刀一只杀把光，统统剥皮拆骨头，狗肉喷喷香，辣子炮炒过老酒。

　　世上的人比狗更多，人的种类，也一定比狗的种类更多。但这不是孩子们要思考的，孩子们要的就是快乐。他们打趣，互相攻击，指桑骂槐，一边读一边使眼色，神采飞扬，我不懂他们牙箍里的意思，但他们知道彼此的意思。他们也获得了一种敏感：有些人是不能直接骂的，你可以骂一头牲口，以达到骂一个人的目的。我说，某一些人做事，狗都不如，但你不能直接攻击他。你可以使用一些辛辣的民谣，来解恨。这些很解气的民谣，能给我们人世的行走壮胆。

芬芳女性

女性凭着天生的身体优势，很容易在这世界上打天下。男人用的是蛮力，她们用的是巧劲。

巧笑倩兮，美目盼兮。身腰扭摆，人走香留。女人花、美人灯、滴泪痣，给这世界留下无尽的韵味。

我到杭州后，有幸进入一个挂着巾帼建功立业铜匾的单位，那里完全是一个女人国。我以往待着的地方几乎全是满身烟味的爷们，如今，我与这里各年龄层美女相处相伴已经6年，她们给了我很多东西，她们把我们栖居的这个世界的答案给了我。她们告诉我这世界的声音、气味和颜色，她们把我变成了另外一个人。我从她们那里获得生活的感悟和道理，我整天像是沐浴在香雾里。

一个做月子归来的女性，她带着我们男人体会不到的成功感来上班，她说她连欧姆定律都忘了，但她用自己的爱心，很快就赢得了学生，还把物理教得特棒。学生都傻傻地看着哺乳期的健康的她，而她紧张了，说："你们别一个劲儿盯着我，眼睛眨一下，气突一下，别一个个张着嘴看我出丑！我们教学也是讲究互动的嘛。"女性是爱的天使，对老公的爱，对婴孩的爱，对学生的爱，其内部通道都是相通的。她爱学生，学生回报她以爱。

我们那里地处文教区，很多年轻女教师都被浙大、电子工学院、财经学院、商学院的男教师讨回家去做太太了，还有到国家海洋二所的，要么就是到省政府的。年轻女性做教师，被社会认为是正得其所也。而男人做这职业，则被认为还不如去做修鞋匠。有几年，杭州这里特别缺教师，我们到东北到西南去招毕业生，一下就来了许多刚出炉的鲜热女性，当时浙江的优秀男士并不十分清楚这一行情，否则校门口香车宝马一定更多。

自古西湖风雅，年轻女孩子到了这吴越地，也就脱胎换骨，变得肌肤香，骨头香。中年女教师一般都"功成名就"了，当个教师符合她们的一生的理想。有了成功感，人就可以活得精神质量高一点。

女教师叙述出来的故事，总是头头是道，我常常被她们迷住。她们烹煮出来的文字，总是给人以清蒸的感觉，很淡雅芬芳。电视上的一只猫和乌鸦，能被她们说成是两个了不起的大明星。故事中的猫在大火中救了5只小猫崽，她们盛赞它是义猫，还说什么母爱的崇高和伟大。

还有那乌鸦反哺其母的故事，被她们特别地称颂。那称颂里面就有教人做人的味道。

我们的教研活动有时是在曲院风荷开展的。我们的工会活动每次都有香蕉，单位发得最多的是小香梨，因为工会的几个委员都是芬芳女性。活在芬芳馥郁的女人国里，我愿意就这样把此生搞定。

脚斗士

我们一行人在屯溪观景、考察，夜晚走在新安江边，我搜索电台，听着耳机，忽然听到本地有盛大的斗鸡信息，心中立即振奋，想及儿时斗鸡劲头，热度犹在。很想去参观那个民俗节日斗鸡节，但日程安排走不开，只能遗憾。好在斗鸡是我等熟悉的，尽可以在心里温习。屯溪还有一所学校的校本课程是斗鸡，啊，那孩子们下课后，该有多欢心啊！斗鸡是把一条腿弯起来，一只手托住脚踝，互相攻击。

斗鸡游戏对抗性强，有很高的锻炼价值，学生也很喜爱。若将之应用到体育课上，不仅传承了古老文化，也能培养学生勇猛、顽强、强悍、果断、敢于冒险的精神。昨晚看韩国平昌冬奥会单板滑雪女子U型场地决赛，"00后"的美国天才少女完成两个1080度的连接，把高难度动作做得如家常便饭，左一个右一个，真是惊煞啊。

人类就是一个玩字，玩中有真意，玩中有一切。

现戏仿中学熟篇《安塞腰鼓》文体，以示对中国教育的忧思。作为校本课程和民族体育项目的斗鸡，是否值得开发？这些民间的文化资源，朴实的乡土气息，跟泊来的桌球和流行的网游，又有什么不同？我曾感慨城市里许多孩子去学跆拳道，而我们中华武术的商业开发却是那么的落后，结果，我们的民族文化就败给人家了，连端午节也给人家抢注了。

一群茂腾腾的后生。

他们的身后是学校围墙。他们朴实得就像那片泥巴操场上的泥巴。

唑溜溜的大太阳照着校园里的大树小树，也照着他们的衣衫。

他们的神情沉稳而安静。紧贴在他们腿侧的是一架机关炮，弓起来，呆呆地，从来不曾响过。——那是他们的另一条腿，也是好斗的鸡头！

但是，看！

一斗起来就发狠了，忘情了，没命了！百十个架着机关炮的后生，如百十只勇猛无比好勇斗狠的独腿鸡，狂舞在你的面前。骤雨一样，是急促的脚斗；旋风一样，是飞扬的汗珠；乱蛙一样，是蹦跳的脚步；火花一样，是闪射的瞳仁；斗虎一样，是强健的风姿。偏僻校园里，爆出了一场多么壮阔、多么豪放、多么火烈的斗鸡哇——学校课程！

这斗鸡，使冰冷的空气立即变得燥热了，使恬静的阳光立即变得飞溅了，使困倦的世界立即变得亢奋了。

好一个斗鸡！

百十条肉腿发出的沉重响声，碰撞在四野长着楝树杨树的山地上，山地水面里的青蛙立即失声了，只听见隆隆，隆隆，隆隆，唪，唪，唪。

百十条肉腿发出的沉重响声，碰撞在观众的心上，观众的心也蓦然变成牛皮鼓面了，谁都可以在上面斗鸡，也是隆隆，隆隆，隆隆，唪，唪，唪。

好一个斗鸡！

后生们的胳膊、腿、全身，有力地搏击着，急速地搏击着，大起大落地搏击着。它震撼你，烧灼你，威逼着你。它使你从来没有如此鲜明地感受到生命的存在、活跃和强盛。它使你惊异于那孩子们衣着包裹着的躯体，那消化着红豆角老南瓜的躯体，居然可以释放出那么奇伟磅礴的能量！

偏僻山地哪，你生养了这些元气淋漓的山娃。也只有你，才能承受如此惊心动魄的搏击！

好一个偏僻山地！好一个斗鸡运动！

每一个斗姿都充满了力量。每一个斗姿都呼呼作响。每一个斗姿都是光与影的匆匆变幻。每一个斗姿都使人战栗在浓烈的艺术享受中，使人叹为观止。

好一个痛快了山河，蓬勃了想象力的斗鸡！

愈斗愈烈！痛苦和欢乐，现实和梦幻，摆脱和追求，都在斗姿和脚步声中，交织！旋转！凝聚！升华！

人，成了茫茫一片；声，成了茫茫一片；灰，弥漫满天；一条条独腿，似乎戴着高跷……那些爬起来的，屁股上还有灰，又架起了机关炮，开始了独腿的战斗。不斗死你，我就不活！老师说，人活着，就需要这一种精神。校长说，我们的学校条件有限，我们就开发了这么一个校本课程，上面也觉得很符合当地墒情。

当一声哨响，戛然而止的时候，世界出奇的寂静，以致使人感到对这个巨大的斗鸡场景十分陌生。

简直像来到另一个星球。

耳畔是一声渺远的鸡啼。

地上尘土里一粒一粒的麻点，是孩子们的汗水。空气中一阵一阵的威风，是孩子们的呼吸。家长终于看到了自己的孩子，乡党委决定，把这项运动变成我们当地的体育项目。

撕裂蜻蜓

　　小时候，我撕过蜻蜓。蜻蜓是一种容易被撕碎的柔弱动物，我把它称为草本动物，它长得很不结实，不像知了。它的形体又比较长。一般它都是从翅膀那里被我们扯裂的。有时我们把它撕裂了，它还可以飞。看着它伤心地飞远，伙伴笑，我也跟着笑。不是故意撕碎蜻蜓的，但撕过它。看到它身体破裂，在地上打滚，扑出灰，我会生出怜悯之心。看到它飞到树叶上去，我就离开，忘记它。我们也捉过知了，知了被我们玩死以后，它的形体还是完好无损的。这给我们一点安慰。它好像是假装死了一样。我们也暂时觉得它是假装死了，然后，忘记它。对于这两种生命，我们多少怀有些愧疚，用长大后的话说，就是罪过。

　　而对苍蝇和蚊子则不一样，我们打死它，一点也不觉得有什么，还为杀死它而高兴。手上是一条齑粉形成的墨线，还感到厌恶。大家都把它们定性为坏东西。蛇，也是我们小时候经常遇到的，春天田埂上走三步就能遇到一条蛇，经常吓得我们一跳。我们对它的感情比较奇怪。一开始，我们都怕蛇。因为怕，我们就仇恨。既然仇恨，一旦遇到了，如果力所能及，就打杀它。

　　野地里的蛇，多半遭到我们如此的对待。但是，村居里也能遇到蛇。这种家蛇，肚子比较大，长得形体也比较长，俗称家蛇。它喜欢藏在人家草屋顶上或者土墙缝里，有时在人家屋梁上游动，看天气情况而定。它在半夜里还会叫，或者发出吃老鼠的声音。家蛇和我们人一样，也成了屋檐下的动物。

但是，它经常被人打杀。经常看到村里路上，一条长蛇被打死了，或一条蛇被打伤了，急惶惶向水边游去。老年人说，家蛇不能打哎！他们的理论里有神秘的东西在。

但是，还是有人打，甚至还有人吃家蛇。人们对家蛇的不同态度，造成了我们对家蛇的复杂情感，我不知道该怎么对待它，是打杀它，还是放它走，还是允许它留下生活？

蜻蜓、知了，都是不会来伤害我们的小生灵，看起来外形也挺美观，所以我们伤害它们的性命时，有些感情上的小震荡。而对于有些长得很奇怪的动物，打死它后，还会觉得它死有余辜，这实际上也是一种不公正。

再比如癞蛤蟆，小时候我们常看到一只癞蛤蟆暴尸空地或水上，白肚膛朝上。我们在用石头砸死它之前，用棍子捣过它，甚至我们还用石头把它可以爬进去的洞都塞牢。它会蹦，但它不能逃脱我们一帮人的捉弄。

就因为它长得丑，我们就打死它。长得丑，是容易被伤害的。这是一个深刻的人性问题。某一些长得俊秀的动物，是可以避祸的，或者是遇到什么难后，容易得到人们同情的。我在田野里打杀蚱蜢或蝗虫时竟然还有些于心不忍。它的形体是绿的，匀称的，很美。

我说撕裂蜻蜓，实际上是想唤起我们内心里对动物的悲悯情怀，以及尊重和公平。

九斤姑娘

过年期间，在杭州电视台4频道观看绍兴鹦歌戏《箍桶记》，蛮发靥的，学习了乡音方言，又回味了传统，这年味就足了。

这个戏中间顶顶厉害的人物是九斤姑娘，她出嫁的辰光，家里父亲是箍桶匠，也没个什么嫁妆，就带了一个《相骂本》，天天揣摩研究。《箍桶记》也叫《相骂本》或《九斤姑娘》，说唱用方言土语，充满了乡土气息，妙趣横生。我在戏中间听到了"竖蜻蜓"这个词，倍感欢喜、亲切。

箍桶匠张师傅，忠厚老实，可他一个走江湖做手艺的，说起东西来也像唱莲花落，这个桶那个桶，这个材料那个材料，能说出许多道道。

桶时代，家家都用桶。石二店王家里有钱，这天，把张师傅请到家来修桶，可是家里只只桶都是好的，后来，石二老爷说有只外国桶箍坏了，要张师傅给修修。过一会儿，又不要他修了。石二店王是个笑面人，平时眼镜戴着，扇子摇摇，茶盏捧捧，阴阳怪气的，现在他脸上线条柔和，口口声声叫"张师傅""张师傅啊"叫得亲热，待得殷勤，到末了，他一天没给人家活做，还要白给人家工钱。

张师傅就纳闷了。

绕了一大圈，他终于说到了张师傅的女儿九斤姑娘，想九斤姑娘来家做三儿媳妇。

九斤姑娘，人长得俊俏，嘴巴更是了得，在家里对爹爹是"阿爹""阿爹"的叫得像八哥，甜蜜蜜的，人见人爱。

聪明能干加嘴巴厉害就是第一生产力，一张利嘴是她的核心战斗力。

戏里她一出场，先跟阿爹试嘴，后跟来家请阿爹去做生活的石二试嘴，她嘴功过人。可惜以往没有辩论赛，也没有总统竞选。语言能反映大脑的快慢，能说会道的人脑筋多、聪明。

石二店王很喜欢这个三媳妇，很快就把家里金银房的钥匙交给了她，让她管家。

这时，整天只会吵架、搬弄是非的大媳妇、二媳妇妒火中烧了，她们成了挑拨双侠，挑到了婆婆那里。

婆婆从吃斋的地方回来，参加人间争斗，收拾了石二店王，收回了钥匙，九斤姑娘也被遣发回娘家。

这出戏最有价值的就是斗嘴功。刘三姐会唱，九斤姑娘会斗。九斤姑娘就是八哥，斗起嘴来，技艺超群，人见人怕。但她人品不坏。

这嘴功要被坏人得去，那就是大不幸了，多亏在九斤姑娘这里。

戏里阿爹不愿意到石二店王那样的人家去做生活，九斤姑娘曾主动要求指导阿爹。她对谁都有法子。石二店王来家，她不开门接客，就请人家"吃"了点心，还应付了阿爹的生活，把一笔生意谈妥了。最后她送石二店王，说：那你走了？跌倒了自己爬起来！

在家里，她是一个卖桶的，是持家能手，"面桶卖两个铜钿一只，脚桶卖五个铜钿一只，担桶卖八个铜钿一对"，她都搞得清清爽爽。

做生意没有嘴功，就等于茶壶没有嘴。

九斤姑娘长得俊俏，俊俏得都不敢在门口站，眼睛一转一个主意，"将军计""老鼠计"都有，智慧过人。

手上有《相骂本》，身上有真功夫，自然会派上大用场。

后来，三叔婆家的猫在石二店王家偷吃东西，被一刀砍死，三叔婆来问罪，要索赔3000吊，说死掉的猫是金丝猫。这带点黑社会敲诈性质。可是那个时代是一个灰社会啊，不是黑社会啊，人民自治啊！

这场高潮戏，九斤姑娘以毒攻毒。

（前面石二已经败得血糊拉叽，再败就要坐牢了。）

她一出场，就制伏了耍泼的三叔婆。她嘴功超强。这么一说那么一说，说到了三叔婆猴年马月借过石家一把锅铲了·（锅抢）没还，那铲柄可是天下最贵重木料做的，锅抢一抄，锅里豆腐就变肉。

理论着理论着，三叔婆居然要倒赔石二店王家3000吊了。

这时，三叔婆这个村霸开始告饶，可九斤姑娘不允。再一算，三叔婆要赔石二店王家6000吊了。真是快意江湖啊，严重打击了三叔婆的嚣张气焰，少胜老！

这时，石二出来，石二老婆也出来转弯，大家和和气气做亲戚，婆婆交还了金银屋的钥匙给九斤姑娘，重新重用她，让她管家。戏曲终了。

这个戏的3个名字都有道理，用《箍桶记》很贴切，张师傅是箍木桶的，九斤姑娘是箍家桶的。

一个家由许多人组成，每个人都是一块松散的木板，你把他们箍到一起圈起来成一个桶，就是大能耐，就是和文化。

用《相骂本》做名字也好，秘传宝书，九斤姑娘得其真传，才有此嘴。

用《九斤姑娘》做名字，明明白白就说这出戏是关于九斤姑娘的戏，九斤姑娘是大主角，也是大分量。

嘴刁斗坏人，嘴巧哄亲人，一身是嘴，九斤姑娘真可谓江南名嘴！

把谎言寄走

　　超级智能机器人老师和善地注视着黄言，黄言觉得她仿佛要把自己看透似的，黄言心虚地望着她，但还是制造了一个比较低级的谎言。

　　黄言说："作业我做了，可是……我不小心删除了。"

　　话一说出口，黄言就后悔了。说谎不说谎，老师她可是一下就能在她的液晶显示屏上显示出自己的谎言指数的呀！但这已经成为习惯，没有办法。

　　这下，我可完蛋了！爸爸就是为了治疗自己的说谎病，才把自己送到太空学校的。

　　"可爱的孩子，你说你作业做了，很好！老师相信你。"出乎黄言的意料，老师居然和颜悦色地对黄言说，"你很诚实，为此，老师要送给你一样礼物。"

　　黄言大吃一惊：今天究竟是千年虫爆发日还是老师吃错了药？要知道，在星际学校里，学生是绝不允许说谎的呀！

　　黄言半信半疑地接过一个包装精美的小盒子，一出教室，就没命地跑了起来，生怕老师回心转意。

　　到了自己的计算机房里，黄言赶紧关上门，把盒子放在桌子上，打开捆扎彩带，前后左右地仔细端详起来。黄言小心翼翼地拆开包装纸：啊！不过是几张奇怪的信纸和一个奇怪而又古老的信封而已。

黄言气顿时泄了一半，原来是老师耍黄言。

正当黄言垂头丧气时，黄言不经意间看到盒子上还有几个字："孩子，一时说谎并不可怕。现在，你只要把你的谎言写在这张信纸上，再按老师为你提供的地址寄出去，你就会发现一个真实的世界。"

真的吗？

黄言摊开信纸，想：拒绝是没用的。

于是，黄言就写道："昨天晚上，因为星际频道正在转播《银河系总动员》节目，我就索性不做作业，躺在太空水床上舒服地看起了电视。可今天老师问我时，我却说了谎。我为这个谎言而感到可耻。"

写完之后，黄言又按老师给黄言的地址，在信封上写道：

星际特殊垃圾处理场□□□□收

随后，黄言叫机器人保姆把信寄了出去。可是，她走回来了，说非要黄言自己去才行。黄言勉强飞翔到了星际特殊垃圾处理现场，无比羞愧地放下了自己的信。

第二天起床后，黄言的感觉才转好。

到了下午上飞翔课的时候，黄言的身体舒适度指数高上去了，黄言飞得最轻盈，最高。

谁带了两根 2B 铅笔

谁带了两根 2B 铅笔?

安安静静的成人高考考场上，我小声地问。有一个女性多带了，她举起另一支 2B 铅笔来，愿意帮助这一个不知道 2B 铅笔为何物的女性。我去接了，给这一个。而这一个还在纠结，说她前两场也是用这个非 2B 铅笔填涂的。我说，你别管前面了，现在开始答这场的题吧。

来到这个考场的都是成人，各种身份，各种籍贯，社会的各个地带都有想冲进主流社会、不甘心的人，他们在起点也许比别人低，但现在要通过考试来改变状态。进入主流社会有几种方式，一个是考试，一个是家里有钱，一个是搞社会关系。他们这些人，似乎是穷人家的孩子，钱不多，社会关系也不多，智商也不高，他们选择了前者。每年的成人高考都能看到各色人等，今年我监考的是医学类的。有些人英语很惨，选择题全部选 C，政治题多少还会写一些汉字在上面，要点对不对他们就不顾了，医学基础知识的答案多是确定的，但出题人设置了许多诱惑和错误，考验你的判断和果决，他们也很费脑筋。要冲进主流社会，拥有主流话语，多不容易啊！有时候我们的教育不是教育，而是故意设误，在一个正确项外设置三个错误项，引得你犯错，做出 2B 的选择。

没带 2B 铅笔的女性，带的是一支顶上有橡皮的普通圆柱体老式铅笔，也许是她在做少女时遗忘在家的过去物件。计算机阅卷，规则的制定者确立了 2B 铅笔为计算机识别对象，我们得遵守。其实也可以确立 3B 铅笔为识别对象。但一个确定，就是许多商机，就是巨大市场。考试经济发育了许多新经济形态，很多考生进考场前在那里拼命看资料，考过以后就不要那厚厚的能砸死人的书了。这种现象我太熟悉了，补习班、复习资料，都是新经济。

这个没带 2B 铅笔的女性是一个不遵守规则的、漂亮的、随随便便、似乎什么也不在乎的女性。

一个孩子从小到大，要经历过多少次考试啊！

高考，成人高考，成人自学考试，社会有几道清晰的门坎，分流我们的公民，分门别类地安置他们的生命，让他们发出傲娇或者卑微的声音，这是一种庞大的爬梳，剔出一些，保留一些。选择机器是不识人的，最终还是人，人为了方便，发明规则，让所有人来适应规则，比如考试。考试是一种选拔制度安排。我们的社会确实需要有能耐的人进入主流，我们不希望比我们差劲的人领导我们，号令我们，但我们的选择路径是不是科学？

考试前，监考者要培训诸多监考规则，手机放置，屏蔽仪放置，甲乙监考分工，什么号令谁发，都有详细的规定。规则很多，多到你讨厌规则。记得以前一所学校的老师在一起热烈讨论过一个问题，就是考场座位设置问题，是一列 6 个好，还是一列 5 个好，后来还做了课题而且获奖了。第二年他们又研究发卷顺序，是走 S 型路，还是走垂直往返路，又研究了一年。最后推翻了前面的做法，形成了规矩，被推广，让所有人遵从，不能违反，号称改革。我们的教育在这里耗费了多大的人力和物力啊，又做了多大的无用功！稍微不 2B 一点的人就知道，其实只要你出考场收上来的试卷是按顺序正确排列的，装袋，就顺利完工了。这样，监考老师在自己的空间里，也有自己的自由度，有自己的想法，我们的社会也充满活力。至于教室内部的顺序，其实是无所谓的，不需要详细加以规约的。

谁也不希望有一个 2B 的社会，里面活着一些 2B 的臣民。我们都希望我们的社会充满活力，生生不息，自强于世界。

一个孩子长大，成人，社会化，伴随着大量的规则，首先是父母给的，后来是小饭庄给的，学校给的。他的头脑里，应该有许多战斗，和规则的战斗。一个父母，不要做出许多 2B 的规则。

组织一次全国考试，自然是一件麻烦的事。30 年前我在一个县城监考，监的是高考。当时各地监考老师庇护当地学生，默许他们抄袭，提高本地升学率，后来行政干预，这个县的老师到另一个县去监考，省里安排了换防监考。但后来，几个老师出车祸了，换防又被禁止。其实作弊的事按作弊处置，群体作弊按群体作弊论处就行了，但一个行政命令就是大规模全省的换防监考，这是一个荒唐引发另一个荒唐。

孩子和大人的规则作斗争的一种方式就是作弊。不少孩子热衷作弊。

回到我的监考现场。考场上，还有一个有趣的男性考生，他根本不带橡皮，也不带 2B 铅笔，他好像只带了一支圆珠笔。但他始终笑嘻嘻的，态度很好，考试时他想什么就回头从另一个女考生那里去拿。他是一个不知道规则为何物的人，蔑视规则，漠视规则。我可是苦了，只能耐心服务于他。我能看出他散漫，自由，想怎样就怎样，他以为考场就是自己的家，他穿着拖鞋，抖腿，还试图吹口哨。他是一个成人，他有自由，他正在享受自己的自由。这样的人是可怕的，一方面他不在乎规则，一方面他又很可爱。一个为人还不错的人不把规矩当回事，一般来说，会受到人们欢迎的。我们制定和发明规则的人都知道规则的本质是什么，都知道它是可以变动的，只有那些初来者才吓得要死，而现实社会里，不大恪守规则的人往往更受欢迎。这个男性考生见过江湖，离考试结束 30 分钟，可以交卷了，他第一个举手交卷。然后群体性跟从，都要提前交卷。

做一个大众，其实是很开心的，不需要慎思，不需要规划，只要跟随。一个孩子成长，他是跟随者，还是一个引领者，父母、教师，一眼就可以看出。

社会上，设置了许多类似于买彩票发财的机会，一个神之吻，就一夜暴富，苦苦奋斗求上进，是笨人的笨法子。但其实，都是一些圈套，设的局。有些孩子有赌性，有些孩子从小对此漠然，长大也对天上掉下来的馅饼不感兴趣，他们不是跟风者。

先是规则，后是陷阱，一个人长大，要面对的，永远是一场一场的考试。我希望每个人屁股后面都插一根 2B 铅笔，永远。也希望每个人都永远不要带 2B 铅笔，徒手应对世界。

那个没带 2B 铅笔的女性最后一个交卷，她举着 2B 铅笔要还人家，但人已经走空了。我说，你快追出去，看能不能找到她！

狗气杀

　　在浙江武义郭洞古生态村考察时拍到一张照片，那玩意是喂鸡的，上面贴着一标签，有三字：饲鸡桶。

　　饲鸡桶又叫狗气杀。

　　狗气杀比较有名，也比较通俗。饲鸡桶好像有点书面，有点故意玩深沉。

　　它虽然是那么一件很家常的东西，但看后，我竟然心潮澎湃，耿耿于怀，好久不能释然。记得当时对身边的毛秘书长说，此乃公平之器哎，我说那一隔一隔的，就是要你别多吃多占，大家都来伸嘴啄几口，还有，那一隔一隔的竖档，只让鸡头伸进，不让狗头伸进。

　　我说，这其实是一种文化啊，管理文化！

　　鸡狗不同种，可鸡狗同屋，求食在同一屋檐下。主人家对待它们，还是蛮有套路的，喂鸡还有这些精致的讲究，一定不是普通百姓所为，制造者有谋略啊。鸡乃赤脚佬，不穿袜子不穿鞋，与主人家的关系是我养大你，然后我吃你，吃你的蛋，吃你的身体。鸡这东西，大家知道，来年又可以来一茬，所以它们和主人家是短暂依存的关系，人吃它，没有什么罪过感，不会产生道德齟龉。

　　主人家养鸡，成本有多大？管理成本又有多大？饲料是基本成本之大头。

管理成本则包括主人的头疼及头疼的医疗费用及其他。

你们这些小鸡肚肠的东西，吃东西时打架，啄来啄去，多贪多占，争来抢去，家禽畜生天生不懂规矩，那主人我就给你做规矩，请木匠或篾匠来，做一饲鸡桶，一劳永逸地解决问题。

饲鸡桶里凝聚着主人的管理智慧。

饲鸡桶的普及和其产品进入流通环节其意义是非常巨大的，这一器物深刻地改变了被饲养者的生物行为习惯和社会行为习惯。争食，变成了很古老的事。鸡们开始有了平均观念。饲鸡桶的出现，使得日常居家生活的养鸡管理走上了科学化的道路。开饭时，一盆饲料放在饲鸡桶中央，群鸡前来啄食。强悍者不再赶走别的同类，大家围成一圈，把头伸进竖隔栏里公平吃食。是为文明。

公平，乃是主人家的第一管理目标。为了这公平，需要器物来规约。器物，既打击了豪强霸食者，又恩泽了普通鸡群。不过，鸡们吃的是大锅饭，如果是小炒或人均一份的份饭，就不会如此。

在鲁迅的小说里，饲鸡桶就叫狗气杀，可能是绍兴叫法和武义叫法的不同，也可能是书面语和俚语的不同。

狗，在饲鸡桶前急得团团转，气得要死。

这木制的器物，很神奇，接纳了鸡，却打击了狗。主人家看了开心。

我们知道，在早年居家环境下，被饲养者不仅仅是鸡，还有猪、狗、猫、鸭子、鹅等。这些跨物种的被饲养者，群聚一个屋檐下，大家如何抢食，主人家一定一直烦忧、头疼着。

当问题上升到思考层面，上升到需要人为地进行组织管理的层面时，其实，它就变成了一个文化问题。

狗，乃狼性也，自古吃天下，天生抢食，是古老的野食主义者，所以它很强悍，并且肌肉、口器发达。鸡乃本分者，低头觅食，有翅膀也不再想着高飞，所以整日戚戚，所以，就很容易成为强势狗的相对弱势者。

谁来调整这种地位关系？非主人莫属。指望众家禽自治，那是笑话。

作为居家的人的管理者的身份是怎么来的，这里似乎不是讨论的场合。反正鸡没有对他不服气，狗也没有不服气，这就够了。

饲鸡桶（狗气杀）是一种公平之器，它平衡了众多被饲养者的关系，接纳了鸡，过滤了狗。管理越来越精细，饲养这一粗放活动越来越有文化。它使得狗在鸡开始吃食时不再精神抖擞地准备战斗，而是懒洋洋地躺在那里打滚舔腿。鸡在吃食时，也不再想着我多吃你少吃的问题，护食、霸食的行为也开始绝迹。

但是，动物的好斗性也正在丧失，这是生物进化之最大退化。

皇帝的新装与旅游业

安徒生写了《皇帝的新装》，其结局，家喻户晓。

叶圣陶也写了《皇帝的新衣》，是补写。叶老的想像创造如下：……皇帝采用酷刑来钳制知道真相的人们，后来，妃子死了，很有学问的大臣和慈心的老大臣坐牢了，群臣都要求告退，不过，虚伪的皇帝终于在夜巡的时候，被民众撕掉了空虚的衣裳。这就是叶圣陶的再创造。他的补写是符合逻辑的，他让弄虚作假的人得到该得到的结果。

但是，生活是复杂的，人性是丰富的，人是多变的，故事的结局可以是多样的。我们再来添加几则补写：

第一，这光屁股皇帝老儿杀了骗子，亲自向全国人民献罪，并决定洗心革面，号召全国上下人人都来做一个真诚的人。

第二，皇帝一个人又怎么能继续欺蒙得了国人，国民里为什么就没有一个两个敢说真话的人？他的国家里至少也应该出一到两个有智慧的疯子啊？……不过，没有。后来，出现了两个酒鬼，他们在酒后吐露出了真言。但等他们清醒过来以后，头就不在脖子上了。

第三，皇帝的心里并不轻松，他也怀疑自己一直没有穿衣服而走在大街上游行，被人家耍了。于是，他召开内阁会议，召集自己的智囊团来开会，他要求他们必须合理地解释自己的光屁股游行行为，并要民众广泛接受。他又开宣传工作会议，要求人们从文化上统一认识。随之，全国掀起了裸体行走的新高潮，大家也从观念上开始以裸为美。人人都成赤膊鸡，从民间到官府，所有的制服都是一条短裤。……最后，那个穿了虚无衣裳的皇帝在某一天悬了重赏，重新召回了那两个骗子。是要他们的命？不是。他不是要杀他们，而是委以重任，让他俩来当全国人民的教头，把全国人民都用那虚无的新装武装起来，也就是让全国人民个个都光脊梁光屁股，以达到最后大家相安无事的结果。……再也没有人骂皇帝了，大家都光着身子在走，大家皆大欢喜。

这个光膀子国成了世界一大奇景。全世界的游客都蜂拥而至，踏破了这个国家的国门，全国旅游收入不得了，两个骗子得到了最崇高的荣誉和勋章，再也没有人说他们是骗子，大家无限拥戴他们，把他们写入教科书，说他们是某一项运动的创始人。国王又让这俩骗子培训出许多优秀的小骗子，到世界各国去招摇撞骗和如法炮制，推销他们的独特的科学的生态的民族生存方式，所到之处，都大受欢迎。

错觉迷宫

把双手的手背紧贴，左右十指交叉，闭上眼睛，仅仅凭自己的触觉，这时你会误认为这个手的手指是另一个手的手指。这一种错觉被称为是日本人错觉。它告诉我们，单一的感官（这里是触觉）往往是不足信的，只有感官综合使用、全面打开了，才有可能使人感知到更趋合理正确的东西。我记得在 20 年以前，我看到过一本农村案例集锦，上面有一个很特别的有关于触觉错误的事例，是说一个村里的男人，总是趁着月光翻进农妇的家里，在她熟睡的丈夫旁边对她进行奸淫，并且总是得手。该罪犯很懂得心理学。

关于月亮错觉，美国心理学家波林在 1943 年做过实验，发现人仰卧看月亮时，月亮位于天顶时，显得较大，位于地平线时，显得较小。而直立时，看到的月亮为处于地平线时较大，处于天顶时较小。这说明习惯（这里指人的行走直立态势）影响着观察，也影响着观察的结果。人已经习惯于直立行走了，而爬行动物还在爬行，所以我们并不能代替它们来观察，它们是弱势群体，它们唱的关于日月星辰的赞美诗歌应该和我们的常识正好相反。

当飞机在蓝色的大海上倒着飞行（后退）时，飞机上的人会觉得是在进行正飞。这种错觉叫倒飞错觉。浩瀚的天空一成不变，茫茫的大海也一成不变，往前行进跟往后行进的运动着的物体是一样的，都失去了参照，这时，正飞和逆飞的方向的感觉是一样的。这里显得很可怕。就跟人的行善和行恶一样，人在不可救药的疯狂的堕落的途中，那疯狂的感觉，丧心病狂行恶的感觉，是不是也跟积极进取时的主观感觉一致呢？有些好人活了一生，他却有罪恶感；有些歹人活着，他以为他一生在做正经事。这是不是在人世的海上、在生命的天空下飞行产生的飞行错觉呢？

另一种错觉也与飞机有关，叫倾斜错觉。当飞机侧起离地飞行时，由于人机处在相对运动中，人不会感知到自己这个主体（包括飞机这个载体）倾斜了，反倒是感觉到大地倾斜了。这一种错觉向我们昭示：一般来说，人都把过失归因于自身之外的因素，人的主观意志是君临一切的皇帝，唯我独尊。人就是这样的一个古怪而主观的动物，总是凭着自己的感觉来对待一切，固执、倔强、九条牛拉也不回头，有时还把错觉理论化，并坚信自己有原则，终生并世世代代前仆后继地奉行下去。

发现人的错觉是摆脱人的错觉的唯一办法。

错觉是存在的，你不承认它它也存在，你只有认识了才能纠偏。否则，你就会一直生活在错觉的"真实"之中。英国哲学家罗素曾经启发我们，如果你觉得和你持相反观点的人是疯狂的、不可理喻的和恶劣的，那么，你就一定要提醒你自己，对于他们来说，你也正是这样。

我记得，小时候我们玩一种游戏，现在叫木陀螺，我们当时叫"地老鼠"，那是一种比较高级的游戏，中间的事理很值得仔细分析。我这里要说的是，当时和我一起玩得最多的是一个左撇子，他的地老鼠之启动之旋转之鞭抽都与我相反，每一次临到他出来比试的时候，我都困惑不解，他的动作在我和很多人眼里都很别扭，但是他的地老鼠的生命力与我的不相上下，甚至还超过了我们的水平。

由于错觉的存在，一切都应该审慎从事。也由于错觉的存在，世界上有很多伪观点和伪解释、伪知识在糊弄我们，我们唯一要做的就是头脑清醒，脑瓜子放在自己的脖子上。

让我们种麦

春暖花开的日子里，我们也从众，和女儿一道去杭州植物园、花港观鱼去捉些蝌蚪。第一次用可乐瓶装着，放些水，还放几只螺丝，几茎水草，在口上留个孔，也俨然是个盆景，壶中日月，别有洞天，可惜回来的路上忘在解放路新华书店的柜架上了。第二次成功地带回家，先用碗，后来又用碟子或者别的东西养着，中间设置些小蝌蚪的藏身之地和小块陆地。天冷的时候，我们给水加温，精心地养护它们。我们每天给它们换水，喂以蛋黄、面条、菜叶，发现不吃的立即换掉。幼年的蝌蚪就是天生的游泳好手，分不清这里的水面和野外的水面有什么不同，只是快乐地生长着。别人家的蝌蚪死了，我们养的却长爪儿了，先后腿，后前腿，然后落尾。当它们从水面爬向陆地将要开始真正的蹦跳生活时，那时，悲剧发生了，我们无论如何也不能阻挡它们的死亡。它需要天地，而我们只给它提供了一个碗。我们起先梦想的再在这城市的窗台上种一颗稻，让长大的蛙声相伴在一旁，在月光下进行夏日蛙鸣的梦想，也破灭了。

但是我们不死心，写信回老家让爷爷寄一颗稻种、一粒麦种、一颗豆种的计划开始动议。以往我们没住到杭州时，总有时间带女儿去郊外看一看芦苇发芽、玉米结穗、豆子打荚、田垄成行、燕子剪水的风景，去感受天地之间那一种普通的亲切的稻菽之美、稼穑之美。现在，我们住在杭城的中心，找不到城市的边缘，见不到田地和庄稼了，每天和高楼为伍。只有一次，我们沿着上塘路往北走，一直走到道路改向的时候，才看见农民在割稻、抱铺和打稻。那一次完全出于偶然，但心中某一种东西还是呼啦一下就上来了。

我非常想在窗台上种一棵麦，长长的麦秆通体是艺术的质地，金黄色的麦穗和稻穗一样，是大自然完美的杰作。我总固执地抱一种错误的看法，即，中药是认籍贯的，一个人生病，若要吃中药的话，他应该回他的老家去抓药，中药不光讲究对症还讲究对性。如果真的要在窗台上种一棵麦的话，我想，我们一定要种一茎家乡的麦。

这件事纯属想象。当阳台上一株稻子抽穗、扬花、灌浆、饱满，或一株麦秸秆上精致的麦全穗开始成形时，形成共和国镍币反面有的那一种漂亮的图案时，那应该是很美很美的。如果你家的阳台又高悬在空中，麦秆或稻茎受着天光、承着天末来风的话，那更能使身处都市之中的人生出小草怀土之情的。那个时候，我们也就无需到菜市场去复习庄稼了。

在江南宣城的山地里，看到过满山坡撒播的荞麦，头脑中那一幅意象，不亚于太子湾公园最大草坪的诗情画意。

今天，让我们种麦吧，让我们即使不能在阳台上种麦也做一次种麦的梦想或假想吧。虚拟一次种麦，就像梦想都市放牛一样，听一听那遥远的牧童短笛声，姑且做一个油画中的沐浴着阳光的弯腰拾穗者。

微笑几种

生态学理论认为，微笑是人类先天就具有的一种能力。

婴儿会梦笑，也会在醒着时自发地微笑，这是一种生理性微笑，一般发生在婴儿被喂食和被抚摸时。稍后一段时期，婴儿会由于照料者的脸的出现，声音的出现，以及活动的发生，而发出微笑。微笑时睁着眼，如果成人搭理他，他会继续微笑，这是认知的开始，是做出问候式反应的表现。这一种微笑比前者要高级，就叫社会性微笑。

生理性微笑是婴儿的专利，大人不得做此天真状。对周围的一切都发出机械的僵化的社会性微笑，是可怕的。冲着某些固定的人发出固定的社会性微笑，有点让人发寒，这是微笑的霉变。事务性的微笑讲究微笑的形式，讲究微笑的一招一式，包括嘴角、面肌的体位，它像一只纸扎的盒子一样空洞苍白。

选择性社会微笑，相对于前两者来说，要算是相当高级的微笑了。随着与周围人的频繁接触，婴儿会对经常满足其需要的或给以爱抚的人产生好感，逐渐出现由泛化到分化的选择性微笑，并会区别出一部分人。这一种微笑它不仅反映出情绪的美妙状态，还带有一种交往的目的。它是真正意义上的社会性微笑，先对家庭成员微笑，后对生活人世里的熟人微笑，再后来就对处境中的友好者微笑。

他或她一路笑着，长大了。

随着年龄的增大，微笑作为交往的手段，其选择性更加精细，微笑呈现出它迷人的含蓄和永不可测的魅力。

在现代生活中，人际交往空前活跃，有太多太多的场景里有神秘的微笑，让人全身瘙痒，让人生牛皮癣，让人就此改变一生，不需赘举。

有人在歌里唱到，"我是一块永不融化的冰，坚持不变的角度和冰冷"，她要冷面对人。她这是一种社会面具，是个人形象设计，也是一种社会性选择，她选择了不微笑。

不微笑，体现了对社会的态度，这种态度可能是审美的，她需要扮出不微笑的"冷"相和"酷"相。微笑太多了，因而含假。

有一种人决不微笑，那就是真正地关心、怜悯人类的艺术家和文学家们，他们痛苦着天下的痛苦，在人类精神的纵深地带为人世忧虑着，没有时间微笑。浮在人世的大海上面的政客们搞的那一套，都是小儿科，让他们笑不出来。他们自己又没有政客的手段来主宰天下，他们的心境到达了极地，思想总是来回扫描在生命和宇宙的起点和终极之间，他们唯一能做的就是叼着烟斗忧虑，然后，在忧愤中死去，只有里面的那颗心是热的。

解剖一颗艺术家的心和一颗职业政客的心，无疑，你将会看到，前者是滚热的，虽然后者更会微笑更擅长于表情。

一般而言，由衷的微笑最美。

"打" 孟姜女

　　清早上运河广场有好几拨打太极的，有一拨在旧戏院前，打的是孟姜女哭长城。那个调我熟，小时候常听，也会哼：

　　正月里来是新春，家家户户挂红灯，老爷高堂饮美酒，孟姜女堂前放悲声；二月里来暖洋洋，双双燕子绕画梁，燕子飞来又飞去，孟姜女过关泪汪汪……

　　那些老人只要旋律，他们已经不再需要故事。我在那里驻足，陶醉在一种特殊的情境里。孟姜女一人独身北行，去寻夫，每到一地，随着旋律，老人们就打出一个标准款的招式。打拳需要曲谱，人生也需要曲谱。我们一辈子，其实都是按照某种曲谱实现的，真正自我实现的，很少。孟姜女那个时代，男人都去修长城，作为女子的她，发现丈夫多年未归，死不见尸，就去找。

　　这个曲调是哭腔，我们中国戏剧许多都是哭腔，那念白的惨恻，悲情感天动地。人类的戏剧、装扮和歌唱，最初和哭如此关联。这一拨老人，集体在打孟姜女。孟姜女一介女子，用眼泪，攻破了一个帝国最为坚固的工事。她这水袖一甩一甩，喊叫一声一声，飞泪一颗一颗，就把你和血砌起来的长城瞬间哭倒，然后里面啾的一声，飞出她丈夫万喜良的魂灵，尸骸骨肉也从冰冷的北国长城里崩塌而出，你还我的人啊，你不能把我丈夫的尸骸当建筑材料啊。人心是世界上最坚固的东西，情感的力量无与伦比，柔弱的东西最有战斗力，一种看不见的力量。女性的哭，比什么兵器都硬朗。今天，曲调还在，但故事已飞走，甚至小孩子们嘻嘻闹闹欢欢喜喜地唱孟姜女。老人们打太极，也不要故事。太极以柔克刚，运天地之气来改善个体人生，老人们拿它来养生，不是来寻悲情困扰自己。我没想到，哭调也可以拿来打太极。哀兵必败，哀兵也必胜。世界上还没有哪个地方组成过一支真正的哀兵，去战斗。不过这个想法应该很动漫，孟姜女就是一支著名的哀兵，独一无二的哀兵，所到必胜的哀兵。如果一个民族或一支部队集体边哭边进兵，那也将是史无前例的进攻。这些老人们的进攻就是史无前例的，他们的目标是天国，他们缓慢的动作，已经无意人间的一切机巧和规约，他们需要的就是走往终点的路途更少痛苦。我们在制定规约，他们在取消规约。我们在竭尽各种智力阐释故事，他们只要飘在故事上的一点旋律和节奏。他们的人生被设计了，他们已经无力计较，他们现在关心的就是前路。他们不是去寻过去的自己，他们想找到来生。

孟姜女是真哭，所以哭得山崩海啸，哭得一个民族都受感染至深。你暴秦砌长城把一万役夫的血肉骨头砌进去，坚固的万里长城修筑成功了，但没用，孟姜女万里寻夫，一哭就哭倒了世界上最伟大的工事，再哭就哭出了夫君的尸骨。修筑长城本是一件好事，但成了天下寡妇的怨毒所归，没一个人说好，几千年来大家都同情孟姜女，而不为秦始皇点赞。是长城坚固，还是人心犀利，就一目了然。更厉害的是，中国各地都有孟姜女的十二月歌和放羊调，这就是说，孟姜女已经遍地生根，家喻户晓，我们中国老百姓都跟着她后面学一步三叹地哭。孟姜女是一支部队，哭是一种武器。内黄大平调《哭头》，李秀林主演，主哭。越剧《哭灵》，林妹妹来到人世，泪已还尽，魂已归天，宝玉来扶妹妹灵柩，那凄惨的哭声，伤人心肺。二胡，是典型的中国呜咽，瞎子阿炳的《二泉映月》，曲调里都是挨门串户乞讨的辛酸。哭，曾经是我们人类生命情感的主流表达？从文化考古的意义上看，确实，许多年代它都是主调。我小时候，20个世纪60年代，农村一片土黄，村头、路上，经常会看到妇女哭嚎，长歌当哭。许多老婆婆坐在门口哭，或者坐在地上哭。有些女子反反复复哭，每天来同一个地点，比如在一棵苦楝树下哭。我们小孩子拿楝树果子叮她，她置之不理，继续哭。我们不知道她在倾诉什么，但我们晓得她对这个世界有话要说，你不让我说，我就哭，人生苦啊。那些拦住老爷的轿子申冤的哭，更是多了去了。她们相信情感的力量，精诚所至，金石为开。当然，也许她没有任何文化层面的企图，她就是来伤心一把。伤心的宣泄，对我们人类是有益的，如果没有尽情的宣泄、撒泼，或许就会换成一根吊索，或一瓶农药，或者一把剪刀。

其实哭也是一种技术。有些可爱的宝宝某一天突然学会了哭，然后就尽情表演哭，哭腔越来越有味，堪比唱戏。有模有样，有曲有调，并且还泪眼婆娑。他并不知道世界上有孟姜女，但他知道哭是人生里的一样东西。现代女孩来自太空，发嗲撒娇时，也专门有喊出哭腔的，说话拖着长长的尾音，打闹也哭着打闹，光是一个嗯字就能延长20秒，而且很有表现力，内涵非常丰富。她们都是天生的艺术家，表演天才，能很好地运用哭的天赋。

十二月月歌曲调结束了，老人们打孟姜女也就结束了。

运河广场拐角，一个清冷的场所，又有一拨老人，他们打梁山伯与祝英台。几个老爷爷老奶奶，手里拿一柄剑，东倒西歪的，动作肯定是不齐的，转身时还会磕绊，但是他们的太极剑需要曲谱，曲谱就是《梁祝》。我又一次沉浸在《梁祝》的曲调里。这个小提琴曲太熟悉了啊。曲谱是一个程式化的东西，规范了我们这个世界里的许多行为，让人觉得安全，让这些老人知道下一步该打什么。东倒西歪的老人需要曲调，他们很快就要到天国去杀人了，所以手无缚鸡之力是好事，他们打太极剑，根本不是为了杀人，而是为了延长生命。

梁祝的悲剧，就是没有按照程式化的人生来走。祝英台你一个女儿家，偏偏要女扮男装，来杭州书堂读书，又和人家一个男孩子家同住，还拜了把兄弟。那么好了，天天厮守一起，某一天，大风一刮，就会把你的女儿身刮出来了啊！后面就是十八相送，后面就是各归一处，后面就是英台被提亲。梁山伯以前就怀疑过祝英台的女儿身，两个人太好了啊，好到以至于不需要分男女了。过年了，梁山伯回家，首先就是到学弟家去，一听祝英台是女孩子家，又已经嫁人，这里他就垮了啊，一头撞在她家门上！死了！他悔啊，悔恨自己太笨，这么好的一个学弟怎能错过，人生能有几次错！

这些老人，一辈子生老病祸，遭受了很多，错过的，爱过的，也很多，后面就是接受大限，跨越生死。那祝英台离开杭州时曾对师母说过心里的小九九，说她喜欢同窗同室的梁山伯，只是碍于情面不能和他同住了，要师母从中撮合。但是旧时代一个女儿家是身不由己的，他梁山伯一个男人在外面走世界也是不可预测的，说不定哪天飞黄腾达了呢，说不定另觅佳人了呢，世界总是给我们小小人生许多不确定啊。他们喜庆的同窗生活，最后只能以悲情结局。那回家嫁人的祝英台知道师友在自己家门为自己殉情以后，无比失落，感慨万千，哭哭啼啼，去守情不渝的梁山伯墓上。没想到，突然，从坟坑里飞出一只色彩斑斓的蝴蝶，带着她，变成另一只蝴蝶，双双飞去。

那几个东倒西歪的老人终于打完了，小收音机在地上，他们慢腾腾地歇步，散去，收剑，各自走到自己的一只小包包前，喝水。空中没有蝴蝶，老人们的头上，也没有蝴蝶在飞。

孟姜女哭长城是家国的，梁山伯祝英台的故事是个人情感的。没有天哪有地，没有国哪有家，国无道哪有小幸福？人生一路，最难遇到的是真朋友、真爱和彼此钟情，梁祝二人，无论是做朋友还是做夫妻都是绝配，这又有谁能错得起？人生是一个系统工程，下的是宇宙流，没有哪一步能错得起，一步错了全盘皆输，剩下的就是苟且。孟姜女曲调里都是柔弱的怨恨，梁祝曲调里都是爱和缠绵，还有一种似真似假似梦似幻的倒错，凡戏剧故事的结局都不喜欢平，它们都来了一个虐心的收煞，把从头到尾贯穿的某一种情绪极端化，瞬间爆发，毁人致内伤出血，一个哭倒了万里长城，一个掀开棺盖找到了真爱，双双化蝶。

一座广场，总在上演各种故事。运河边，伞博物馆前，我曾看到几个厉害的老人打羽毛球，他们技艺高超，打球唯求你不死我不死，互相退挡，永不下狠手，而年轻人恨不得一球让对方毙命。孟姜女并没有武装自己化自己为一支哀兵，但她一人的歌哭，威力无穷。

她没想到的是，她的歌，变成了曲谱。

— 孩子与世界 —

鸡尾酒会现象

任何一部大书都是一个人生的表达式。

福克纳在《喧哗与骚动》中表达，这一整个世界里都是声音，这一整个世界里的声音都没有意义。世界确实充满着声音，有尖锐的啸叫，有歌咏，有金属噪音，有人语，连花的开放都伴有声音。声音铺天盖地，任何一种声音都是信息的一种形态，信息也铺天盖地，可对你来说有用的只是一小部分，甚至还是微不足道的一小部分。

人活着就是为了意义，那微不足道的一小部分就是一个个人的全部的人生意义。此一人的人生意义完全不同于彼一人的人生意义。

心理学上有个概念，叫鸡尾酒会现象。它指的是一个人在同时处理外界纷繁复杂的信息时，过滤掉很多很多无关紧要的信息，而只留下其中自己觉得有意义的部分，这就好比在一次盛大的喧闹的鸡尾酒会上，人语纷纭，人声杂沓，众口万辞，人人目不暇接耳不暇听，却能敏感地听到某处某个人提及自己的名字。这是一种选择性的知觉形象。

一个现代的开放的社会，所提供的可供选择的事物，实在是太多了。书太多了，看不完；观点太多了，难以取舍；个股太多了，不知买哪只好；大街太多了，逛不完；朋友太多了，牵手忙不迭；

发式太多了，做不完。可供模仿的时尚太多了，偶像太多了，名言警句太多了。现代的人真是"富"死了，过去的人"穷"死了。想当初，一个传统的人，他的选择性知觉特别迟钝，一切都是配份配好的，牙膏、面粉、布票、田地、钞票、女人、思想，你不许有他想，你只能从一而终地活在贫瘠的现实里，如果你也想获得那么一点选择性知觉，那么你总有背叛世界的罪孽感。

在日新月异的今天，一个人能持续地应接新涌现的事物，保持着良好的知觉，身手还能拳打南山猛虎脚踢沧海蛟龙，这一种人是真正活着的。相反，一个现代人也可能因为呼喊和诱惑太多了而晕头转向。传统人仅有一个阿庆嫂的水缸里面可以把身藏，现代人则不然，声色刺激、娱乐自遣、颓废新潮、纸醉金迷，统统都在发出召唤喊叫的声音，随便哪一种声音都经过了策划，都好像含有意义，耳畔是一片意义，让人无所适从。

传统人只有一根上吊的绳子，现代人却拥有一本自杀大全和一本离婚指南，里面三十六种七十二式条目分门别类一目了然。

这是历尽艰辛追求个人权利追求得手以后，突然面对无数权利之后的因噎废食的中风状态。

很多的权利在游荡，在纠缠现代人，现代人烦了，像摆脱妓女一样打发它们。人们选择回到幼稚时期，人们愿意弱智，愿意给一切举手或给一切不举手，好像某一件事情已经完成，好像眼前的一切已经与己无关。

在傀儡时期，将张三的脑袋装在李四的肩上依然等于李四；在后傀儡时期，将李四肚膛里的芯片插在张三的良知插座上也并没有什么不可以。是的。意义太多了，反而变得没有了意义。选择太多了，反而失去了选择性知觉，随便依从一个得了。

意义到底在哪儿，你知道选择有意义的信息吗？意义太少，人越活越抠门。意义少了，活着没劲。意义多了，活着也没劲。没有一个智者来让我们这个世界的意义正好不多又不少。

　　需要修理的不是世界，而是人脑。普天下所有的思想家人文学者艺术家都是那些修自行车的铺主，世世代代前仆后继地为人修理脑袋，可生意没有出现与事实相符的火爆。

卡通化时代和卡通化城市

城市是矫情之所，城市是时尚之地，它的水性杨花，它的双氧水特性和发泡剂品性，给无数人带来了快活，也给无数人带来了不幸。城市每天都是新的，如蚁的众人喜新厌旧，不愿意弹旧棉花，城市的可鄙和可爱之处都在于此。大家都爱城市，不能没有城市，因为大家需要追波逐流，小虾子需要浪，大家也诅咒城市，因为大家不能没有东西诅咒，箭需要靶子。

一个普通人生活在城市里，无论如何也摆脱不了被卡通化的悲剧命运，除非你是一颗冥顽不化的石头。一天，一个GG到约会地点去等待他心爱的MM。在城市里，你在一个正确的时间却是错误的地点，等不到你的心上人，在一个错误的时间正确的地点里也等不到，在一个正确的时间和正确的地点里，能等得到吗？同样也不。因为你的可爱的MM已经变成了一只小狗，被一个从天而降的外星人GG套上一个环（温驯），牵走了（听话），正在风景区闲逛哩！

那只非常精美、毛色好看、鼻孔眼睛小巧、头部纯黑、长得漂亮的小狗（精致），在愉快地溜达，昨天的海誓山盟已经过期作废，正被安置在遗忘程序里（健忘）。

一个脑后面扎一把小扫帚的著名摄影师给这个善变的MM拍了照，做成了一个卡通形象，一夜之间，它就成了一种象征，流行感冒一样覆盖了城市。小狗卡通上了少女们的包和手机，成了挂饰，系列卡通工艺品开发出来了，里面有电子芯，它还会叫，当人们挤压它的时候，它就会尖细地像咳嗽一样地叫，它的形象和声音都流行了，城市小女生们相逢，如果没有什么事情干，就互相挤压对方的卡通狗来取乐嬉戏。

而那个昨天的痴情者还在等待，他已经变成了一块石头，待在原地，很背地，呆相可掬。没有一个人为他感动，都骂他：一点也不新人类！

身上有了小狗挂饰的女性们在这个城市的许多场合开始表演。场景：一个女子和一个男子在一起走街，不知为什么，她忽然不情愿了，她突然离开她的男友（反复无常），迈开大步朝前走，一步一哭，甩手（会撒娇），嘴里哭腔喊："噢——噢——噢——!"（敢爱敢恨敢表达）身上的小狗挂饰一颠一颠的（伪可爱）。其内涵为：我极其不情愿，不过，你要是真的这样也就算了，反正我是一个可怜的、无助的、随风飘荡的、体弱的、见到小虫就要晕眩喊叫的女生（善变）。那女生在一百米前，急跺脚，如惊风，哭腔，嘴里喊不依从的撒娇声音："噢——噢——噢——!"（野蛮）

就在女孩这样表演的时候，斜地里走来一个高大的男生，笔直地走到女孩撒娇现场。男生大惑不解，但女孩认识他，就是当初带她一道看流星雨的那位，那晚冻得要死却看错了日子。高大男生开始骂眼前的男孩："喂，你小心一点!"（F4腔调）又怒视女孩："羞耻的'羞'字你会写吗？……变态!"（经过野兽训练）女孩突然轻快地说："说我变态就是表扬我，不说我变态就是骂我。"（会说胡话）高大男生被女孩的回嘴回木得了，发了一会呆，又看那男生，远处小河边还有他的两个哥们。原先那男生见状，对女孩说："不干我的事，我走了。"（不吃眼前亏，姑娘多得是）说着，就走了。女孩大哭："哎哎哎哎……"高大男生突然说："你连小狗都不如!"一转身，男模般地走了。女孩在后面大叫："明天我变成猫!"

选择性缄默症

面对比自己强大的、又冒犯了自己的成人，孩子有意停止了说话，拒绝说话，或者仅做选择性的回答。这是孩子对待强权的一种姿态。

长期这样做的人，会出现心理障碍。这一种不说话不是器质性的言语功能丧失，有时候，它是小孩子对大人的一种反控制。

他的反控制可能延续很长，这一种心理疾病叫选择性缄默症。

女孩子比男孩子更多地用这一种方式作为自己的策略。同一个始终保持缄默和孤独的人相处是困难的，当尝试和他（她）说话的行为失败以后，他（她）就会更加孤独。被孤立、得不到理睬之后，接着，他（她）在全面的独立生活中，就要承受在社会交往中的低成就之苦。

选择性缄默症患者选择了这么一种方式来对抗，这一方式本身是他生病的一种主因。

人在与社会的对抗中，极其容易得这一种选择性缄默症。社会以它的坚定和硬朗的作风让人得病，社会以整体的名义让一个个人遭受痛苦。就是那些无数个"别人"，构成了社会，形成了一种强权，你作为小小的个人，只能选择缄默，或者选择阴险卑劣的计谋。你只有这两种选择。个人总是带着自己身上某一方面的箭伤，转到另一方面去，不再言说自己的过去，也拒绝说及。

社会就像今天城市里那些马路上的强卖强给的人一样，虎虎地站在道中央，给你的自行车篮塞进他们的东西。你没有权利不要，他爱你没商量。

不尊重你的个人意愿，强加给你的东西实在是太多了。有时候他们彬彬有礼地打搅你，推销商、直销商、广告宣传员、化缘客都是这样。就跟分配给你多少福利一样，分配给你多少社会权益别人都已经计算好了，分发给你，甚至是观念，也这样强给。

我这里有一个有趣的故事。一次，一个旅行团的车停在一个厕所前，人多门窄，收费的安排起秩序来了。他大声地呵斥：临到你了！那一个被呵斥的人掉头就走了。他宁可憋着，也不愿意承受带侮辱性的"发给"。

很多艺术家和哲学家都是这样，对世界和社会持悲观的态度。他们是一些不语者，他们用一种悲天悯人的情怀打量着这个世界，他们看到了魔鬼的愉快，看到了艺术的"有罪"。因为艺术不和俗世一同快乐。

世界只向一部分艺术家敞开它的奥秘。但是，作为选择性缄默症患者的艺术家中，一部分人自戕了自己的言说能力，这种自残是一种阉割，让他们变成了无比冷酷的不语者。

他对世界的明了洞悉都装在了自己的壶里，他选择了不说。另一部分猎猎言说，故作疯语，故作愤世嫉俗，假别人之口乱说一气，把自己伪装起来。

还有一种是像屈原这样的人，言说了一半，忽然愤世嫉俗而弃世。

只有患者才对某一种病体会最深，他比医生更清楚，比病菌更有高度，因为他是受到煎熬的受体。也只有这一类患者，才对这个世界更加神经过敏、更有颖悟力，因而，我们在认知上，更需要他。他们的缄默，积累了许多无比重要的课题，暗示了世界的本质，等待着我们去开发。

你有罪， 但可救赎

20 世纪前半个世纪，是精神病医生弗洛伊德的时代。他是一个著名的心理学家，对哲学以及整个人文科学都有重要而深远的影响。整个 20 世纪上半叶，整个心理学界也都跟着弗洛伊德在研究人的根本性欲望，人们知道了自己的本能以后，人们活得更加沉重了，都感到罪孽深重，不干净，都感到人类的前途也不容乐观。在他之后的存在主义哲学认为，人的心情分阴性心情和阳性心情两种，一种是不安、忧郁的，一种是欢乐、高昂、满足、幸福的。

海德格尔认为，阴性心情是人的最根本的心境。

弗洛伊德说，人在天性上就爱自己，让人去爱别人与人的天性背道而驰。

20 世纪的下半个世纪，几乎是在弗洛伊德同样重要的地位上，出现了马斯洛。

马斯洛给人类带来了希望，他给人们以未来世界有可能出现光明的预言。马斯洛研究了人类历史上优秀人物的品质，设计了我们一般普通人的自我实现和自我超越的程序，他认为苦恼、不安、罪过、激情、死亡、压抑这些东西，统统都会阻碍人的个性的发展，他认为人类的行为有其积极的一方面，诸如幸福、欢乐、满意、宁静、风趣、游戏、健康、欣喜、入迷等，人还有才智、情趣、性格，人更有着好的秉性，如仁慈、慷慨、友好等。

马斯洛认为，即使如弗洛伊德说的"无意识"，也可分为健康的无意识和不健康的无意识。

理论变了，让我们一下有了救赎的可能。

马斯洛是让人鼓舞的。

他认为：活在这个世上的人绝大多数是正常的，应该让他们更好、更杰出，那样，人类就会有希望。应该开发人的善的方面的资源，应该强调人的能力而不是强调人的弱点。

他倡导的教育也是这样。教育过程主要不是用来消灭差生，而是让所有的学生的自律能力、自发性和创造性三方面都得到同时的发展。

弗洛伊德很有深度，让人不寒而栗，马斯洛则给我们带来了阳光和灿烂的明天。他们两个，一个建立在对世界对人的批评之上，一个是建立在对世界的充满人文情怀的向往和重新建造上。

到1969年底，美国就有接近100个马斯洛学说中倡导的个人潜力开发中心。

迈耶博士给人的性格价值开了一张表，其中有节制、勇气、个人效率、自由、健康、诚实、主动性、耐力、可信度、合作、礼貌、友好、尊敬、容忍和理想。

马斯洛也认为，归根结底，人不能像了解自己那样了解别人，但人可以通过爱这一种最有效的方式去互相理解。人在恋爱的时候，是能知觉到对别人的爱的。爱，是人间的珍品；爱情，证明了人能够理解别人。

马斯洛说，如果没有爱，人就会以这种方式或那种方式生病。

我们中国人持有的观点一般都认为人的身上有神性也有鬼性，

性善和性恶论争论不休。按马斯洛的学说，重要的不是争论，而是把人身上神性的那一部分发扬光大，把鬼性的那一部分收敛起来。这也符合道家的学说。

壮士与香螺

早上，跟往常一样，美女来上班，目不斜视。一阵风，又走出去了。顺手在桌上放着一包现代点心，是精美包装的商品——香螺。

美女总是吃这么精美的东西。

那些香螺，看上去真是很美，一个个晶莹剔透。趁她不在，旁边的人去看一眼。后来，美女又从外头进来了。那包香螺当然是没人动。美女招呼大家来吃。人人都不好意思。美女伶牙俐齿，说："没关系没关系，这香螺不好吃的。"大家一吃，果然，那香螺漂亮是漂亮，打开壳，看到里面猩红的血肉，新鲜极了，也干净极了，一点沙也没有，可是吃进口里就是特别的生腥，真可以说是奇腥无比。人人都说好，美女听着笑了，可人人都跑到卫生间里去漱口。美女说："最好的香螺就是这么新鲜的，可我就是吃不来。"

8点多一点，办公室里来了一个壮士。他天天对美女怀有另外的意思，有事没事来转一趟，有时候美女不在时他信口胡扯一些他和美女的天方夜谭故事。这天，美女见他来了，就大方地说："吃香螺！"壮士见得到恩宠，感激涕零。众人都把目光来瞧着壮士，平时美女是不像今天这么大方地对待壮士的，都语带双关地说："今天你要把这么多的香螺吃掉！"壮士说："这点香螺算什么，我能吃 15 斤香螺。"美女不耐烦地说："我没钱买 15 斤香螺，我只有这么多，你吃不吃？不吃，我就倒垃圾里了。"壮士立即说："吃吃吃。"

　　说毕，壮士就动手吃将起来，表情特丰富，每吃一个，他都要做出一个表情，撇嘴，挤眉，闭眼，可是他越吃越快，一眨眼工夫，就把一袋香螺风卷残云地吃完了。然后，"哇"的一声，跑到卫生间里去了。众人大笑，得到了生活里少见的快乐。

　　那天上午的后来，人们想起了古时有两个壮士的故事，并且谈论起来，助点余兴。说两个古时壮士在一个客栈里见了面，起先要上街市买肉喝酒。一个人就说："我两个都是壮士，身上有的是肉，何不割肉自食。"另一个说："好！"于是两个人开始各自割自己身上的肉，在客栈里烧着吃，喝酒。酒过几巡，两个人身上已经一块一块地滴血了。但两个人还泰然处之，继续比试割肉，照常不误地吃、喝。后来，两个人都因失血过多倒下去了。大家说着，笑着，又得到了少有的快乐。这一天，就过得不错。

　　生活需要欢笑。

黑暗理论

很多光明正大的东西是在暗处培育出来的，冲照片就是一例，经由暗房技术使得图像显影。

在这里，黑暗具有哲学意义，暗室里面的操作乃是为了光明。

黑匣子是飞机失事后人们致力要寻找的东西。它记载了已然毁灭了的事物的一些重要的信息，它从某一个母体里面弹射出去，但能够提供有关母体灭亡的可信解释。

人世上有很多事物在无人知晓的地带自生自灭，当人们需要检视它们的时候，总是证人缺席。类似的黑匣子，最好能够预置。这里的黑匣子，是谜底的知晓者。

黑箱操作，又叫暗箱操作，应该是一个社会学术语，常见诸报端。它是一种技术，也是一种手段，指的是在某一些事情的内部搞一些花招和名堂，个中人自己清楚，而旁人被遮蔽，一概不知。其操作的具体内容，有一些是见不得人的，有一些即使见得了人，但由于某种原因，也不能公开的，要进行暗箱操作，以避免难以预期的后果。

暗箱操作是一项官僚技术，或者叫作官僚艺术，它与透明度、民主、公正这些词对立。它用于管理上，标示着一定程度的不诚实。

黑箱理论则是一个心理学上的概念。心理学认为，人心（有机体的系统内部），可以类比为一个能接受刺激并作出反应的黑箱子。这个箱子内部的活动状况非常的难以知悉。

当一个系统内部结构不清楚或者根本无法被弄清楚的时候，黑箱理论就被提出了。它认为，只需要从输入和输出两端来研究系统内部的功能就行了，无需去管它的内部结构状态。

由于人心叵测，黑箱理论是只注重两端不讲究过程的理论。一只猴钻进了马戏团的箱子里，出来时变成了一只狗，这是社会学现象，并不能做详尽的心理学分析。

心理学直接针指个人人心，而社会学的抱负迥异。

人生在世，每个人的人心是一个内宇宙，别人无法窥知。一个人可以变得婆婆妈妈，一个人可以变成非人，但只要有机体内部的复杂状况难以揭示，这就很安全。社会只从两端来小结你，一个是出生证和身份证，一个是最高荣誉和悼文。

中国的老百姓长期不懂游戏规则，他们见识多，也算谙熟黑暗理论，但一直是一个外在的看客。他们只关注两端，不管是历史剧还是现代剧，他们知道了开头之后，就直问结果。至于中间的部分，随你们玩去，随你们编去。

而那中间部分，恰恰是最有嚼头的，反而成了个宇宙黑洞。

由于没有足够详细的过程，结果是可以被改写的，一个人，说他忠臣也行说他奸臣也行，让一只猴钻进箱子里，出来时变成一只猫也行，老百姓只认定既定剧情。

这实在是快活了编戏的人，也因此，"有机体内部"越来越神秘，黑箱操作越来越频繁，黑暗理论异常丰富。

真水无香

　　"真水无香"是上海博物馆印展展厅中展出的乾隆年间蒋仁的一方印的正文。人是越现代越好，印则是越古越好，好印几乎都很朴拙。文人印传世的，被公认叫好的，不光是字迹古拙下刀粗犷，还有一句妙文。从印中读文，是直奔着意思去。当然，篆书隶体已经营造了一种古风骀荡的氛围。

　　读印文，性子要放坦，不要狼吞虎咽。流连在展厅里时，我告诫自己。"清闲自可齐三寿"，是嘉庆壬申年间巴树烜刻、缵绪堂藏的印。印章也有派别，每一派别中都有尊卑。有些印堂堂而富贵，印出来也轰轰烈烈一片；有些印则娟秀本分以巧见世，不仗着自己石头大。"酒气拂拂从十指出"，是道光年间严坤的，把一生行迹融于方寸的玉石之中，玉石很冷，但一上纸就会火热。印文中话语重复较多的一句是"耻为斗升谋"，在展厅里几乎可以看到几十个不同的刻本，印的规制大小也不一样。每一个人都做同一件事情，最容易比较出各人的风格；如果大家都各做各的事，其实是不可比的。那么多人耻为斗升谋，这在治印的人中，是种风气。吴昌硕和嘉庆年间的陈豫钟两人都有一方"文章有道交有神"的印，他们在人世上所好的，是个文章，是几个朋友。花那一种细工慢活，把自己为文、做人、处世的态度镌刻在某一种很小的又很坚硬的物质上，然后终生自秘着、守着，有时也与一二相投相知交换着把玩着，不知道这些古人的风雅该怎么分析。

"我思古人，实获我心"，是明朝苏宣的。"寄情丘壑"，是道光年间王应绶的。"口衔明月喷芙蓉"，是明朝韩约素在象牙上刻的。"妓获红拂客遇虬髯"，是明末徐东彦的。

每一句印文，泡化开来都差不多有一本今天书肆上出卖的书的厚重。相比之下，很多现代书则要大大地脱水甩干。这些凝练的印文里头蕴涵着悟彻、智慧、态度、原则和风情。艺术是人生世相的极致，这一种精雕细镂的艺术应该是很高的极致。方寸之间，尽得风流。在很小的舞台上，是很容易把手艺玩得精深的。中国印由于在很小的材料平台上动手脚，所以很容易成熟。成熟就是越到后来越简单。世世代代以来，在一种封闭的、自适的环境中，艺术获得了它的深刻和精致。现在把它搜罗来，展览出来，能让现代人兴叹。其实，对于艺术来说，每个人并不需要很大的舞台，也并不需要招摇，艺术主要看你在一个地方玩的深度，看你是不是能道出人生三昧。真水无香。

印是我国艺术品类中的一绝。由于我们有组织地摧毁过传统文化，我国的艺术中不少品类都带有残缺、断代的凄美，印也不幸而正在其中。今天我们对着这些历朝历代的印看上去，它们都好像停步并倒悬在对面一座千仞悬崖边上一般，没有一条路直通往今天。这在一绝中又平添了一绝。文人印本身是出于一种贵族化的把玩，是一些人在人世的行走中，抽空到了刻刀边，或者是在人世的行走中不顺以后退到了刻刀、印石边的自我刻蚀，借用一句印文叫"一腔热血竟洒何地"。可叹后人竟连这种自赏自玩都不允许人们做，要把它们连同他们一起抹掉。所幸的是，它们又从历史的灰土瓦砾中被文化的筛子筛出来了。

读老人的书

我指的是张中行他们，和常人的大为异趣。全篇是松散的智慧，一点不作惊人之语，又满是人世经验，大巧若拙。

当然，读起来，要有一点耐心。

读清人袁枚的《小仓山房文集》，能感受到特有的原版人生的况味，特亲切。特别是他晚年写的那些文字，我们从中能体会到的东西实在是深刻且韵味无穷的。试想袁枚年届80，快近终点，摸到大限，回首来路，崎崎岖岖，满目沟壑，满眼苍凉或满眼风景。那时，他站在生命的一个制高点上，一览无余。逆看全程，他在任何一个常人都不在的境界上，青晃晃地能看到满世的苍生。

那时候，如若是两位老人相逢，更是精彩别致。他们品着清茗，神情寡淡，相对少语，询及谷米起居，此外无他。

不对局，不眪如戏人间。只受天光，只沐天风。日将暮，揖别，互道一声珍重。转想来日苦短，不知此生能否再逢，山高路远，行走不便，相逢渺渺，就转作他想，道：来世再叙吧！

来世再叙，那一种境界，直让人惊绝、羡煞。只有临近临界点的人才能生出这般绚丽的奇想。

我们是路途中人，小如蝼蚁，视蚯蚓为巨虫，把泥块当高山，有好勇、斗狠、猜忌、仇恨、沽名、贪得之心。

歧路使你彷徨，花草让你迷路，你鼓起腮帮子，不择路地赶，都是行程中人，看不清前路。

小时候，听老人讲故事，总以为故事远在天边。

中年后，就知道这人生就是一万个故事，自己也就在故事里。

这时，读一些老人的篇什，看到老人临出局时检点自己的浮生，移情换位，看到他们的此时认识不是彼时认识，顿时有恍悟。

稍识天机，稍感不隔。稍通天理，粗识世象。知道伪、奸、阴险、跋扈、机诈，也知道崇高、忠厚、善良、慷慨、平和，而且知道，这并不是年少时识认的崇高、忠厚、善良和慷慨、平和。

发现万物皆有理。既使你力所不及，也知道你力所不及。以前你认为书上说的都是不二法门，现在知道一切都可怀疑。幼时以为大人都做正经事，后来才知人人也是大小孩。

读老人的书，就是切换老人的智慧。明了伪、奸、阴险、跋扈、机诈是小学问，真正的大学问是真和善。真正的大学问还有，那就是世事是世事，我是我，我永远也不要丢失在茫茫世事里。

孩子归国家所有

孩子归国家所有，光亮的孩子归国家所有，有疤结的孩子也归国家所有。当一个母亲生下她的孩子，并哺育他成长，她已经完成了一个伟大的杰作。然后孩子上幼儿园，这时，幼儿园阿姨也加入到哺育孩子的行列，她们也是伟大的母亲。接着，孩子到了小学、中学，这里的教师是为国家服务的，他们开始了培养孩子的工程。这是一种接力。所以我说，孩子不归谁所私有，孩子是国家的，孩子也应该是国家的。简单地说，我们社会发展到今天这个阶段，国家可以把孩子给包了。当我们的孩子上了大学，走上社会，这时社会开始捶打他，他有了社会属性，属于社会，他已经自立自强，成为成功人士，或者成为罪犯。英雄是国家的，罪犯也是国家的。你想不要都不可能。这就是深刻的教育，也是现实的教育。

不过，在今天的观念里，当我们说教育的时候，我们是不是真的在说教育，关于孩子，家长、老师、国家之间还在纠缠不清。家长会说，如果我的孩子归国家所有，那我们就不养他了！老师说，孩子是你家长生养的，你都不管，我还多管什么？国家说，我给教师开工资，具体怎么做大家协商吧。国家已为农民免税，为九年义务阶段的孩子免了学费，但是国家似乎还不敢说，孩子归国家所有。我们的国民观念还没有提到这样一个高度，甚至我们的孩子在幼儿园还是自费的。我们的孩子遇到了生命危机，如少年出走，一个公益电话，还不能讨到一顿饭、一个晚上的一张床，我们的社会救助系统，现在还很成问题，尤其是对未成年人。

孩子归国家所有吗？似乎不是。这些孩子的生命发展和生命质量，需要有人来担当。谁是他们的生命负责人？教育？家长？国家？教育勉为其难。国家还没拍胸脯。我们应该把教育具体为许多孩子，他们遇到了什么，他们的发展和成长，他们的归属和未来。教育就是遇到无数个孩子。教育是人学。人是复杂的，丰富的，个别的。千人一面是不可能的，一千片树叶片片不同，一千张面容张张相异，一千副情思各有千秋，一千个灵魂截然不同。你绝对能区分出人和人，除非你不想区分。他们中间有善的，有恶的，不承认不行。一个教师，一生会遇到无数个孩子。无数个教师，会遇到无数个孩子。我们的教育，就是遇到所有的孩子。这些孩子日后会构成社会主体。

所以，教育就是遇到所有的人。教育是与人打交道的，教育不是规章制度大全，不是形式主义科研，不是单纯研究教师行为的，教育是研究学生生命的行为科学。教育就是教人如何生存，如何善良。教育是雕刻心灵。教育是改造。教育是痛苦和快乐的交并。教育是把人从桎梏中解放，还原成本真的人。教育代表良知，教育是社会的良心，教育会产生幸福，教育会沐化众生。人本身可能是恶的，也可能是善的，教育是后天工程。教育代表一种公正的社会准则，告诉你告诉我告诉他应该怎样活着，告诉我们这样活着会很高尚，那样会为人所不齿。

我们的孩子，他们吵闹、开心、什么也不放在眼里，他们悲苦，他们把小小的快乐当作天下最大的快乐，他们寻找，他们拒绝，他们服从。他们活在学校里，他们活在教师的眼皮底下，他们隐藏，他们使用面具，他们分裂，他们渐渐感性地知道什么是社会，什么是人世，渐渐知道人如何和社会周旋。他们活在环境里，他们活在社会风气里。正视人的多样性，孩子的丰富性和复杂性，是教育的真正禀赋和责任。

教师眼里看到的孩子，与家长眼里看到的孩子，是不一样的，与自然状态里的孩子，也是不一样的，与国家眼里的孩子，也是不一样的。如今在一座城市里，我们的孩子似乎就属于教师，属于学校，我们已经看不到我们的孩子在爬高下低的玩，我们看到的就是那些背着书包、吃着肉串的上学虫和家教虫。如今，我们的孩子已经被严重学校化了，这既是好事，也是坏事。学校化，是排斥社会化、家庭化和自然发展的。孩子们全面地投入到文化学习中，是排斥全面的人生成长的。遗憾的是，我们不能改变这个现状。我们只能寄希望于我们能建设出人类最理想的学校来，来满足孩子们所有的欲望，所有的生长需求。未来，我们的学校会转型成为一所围绕"孩子成长"而组织起来的学校吗？未来，我们的学校能成为孩子们玩乐的场所吗？他们能像逛丘陵、草原一样来到学校，又漂亮地完成所有的学习任务吗？成长，是远远大于学习的一个话题。未来，我们的学校会成为孩子的乐园吗？未来，我们学校的功能会是发展孩子的各种能力吗？未来，我们的学校会尊重每一个孩子吗？会塑造未来社会的新公民吗？

如果孩子归国家所有，那么家长就不能虐待孩子，社会也不能使用童工，学校就不敢给他们许多作业；如果孩子还是被私有着，那家长就可以打他，学校就可以逼他们干来分数，提高名声。其实，我们的孩子，不是一个实数，也不是一个整数，更不是一个符号，他们就是未来，他们的生命在喧腾，在生命力旺盛地行走，他们发出自己的声音，抒发自己的情感，表达自己的愿望，他们是需要尊重的人。也许他们暴露出人身上的各种缺点和缺陷，也许他们行为上有与众不同的地方，但他们都是需要改进的品种。也许他们很聪明，他们很有抱负，但有些抱负是很自私的，他们的价值观需要矫正，社会态度需要修正。他们并不清楚自己是谁，不知道明天他们是谁，但这正是教育要告诉他们的。来自于他们对面的教师，像一面巨大的镜子，给他们一个照像，告诉他们你们是谁，你是怎样的人。而他们，生活在本我和镜像之间，并不清楚自己。不过，无论如何，不管他们遇到了什么样的教育，他们都会成长。夹生饭也要去为人父母，脾气暴躁的人也会去生活、上班，与人相处。所以，国家还是要站出来，说孩子归国家所有。我们已经"富裕"得可以这样做了，我们的社会财富用到这里，谁也不会说什么。我们要建立一个社会公民的完整培养体系。

所有的孩子，最终一定能占领整个世界的。世界最终将由他们说了算。他们要光就有光，要水就有水，他们一定会呼风唤雨。他们儒雅则国家文明，他们坚强则国家坚强，他们幸福则国家安康。孩子最终将归国家所有。他们不过是经由我们这里，呼啸着到达更广大的世界去。

用汉语治病

日前没事，在图书馆翻了钦定四库全书的经部《周礼注疏》，这是一部影印本，纸页都发黄了，竖排，刻印，掂量在手上，觉得比今天的好多书都要沉。我并不想读它，也不想查翻，只随意看了两个句子，我完全被这部旧线装本的外在形式触动了。

字要一个一个雕出来，这才显得珍贵；用竹、帛作为书写工具，谁也不敢制造语言废物。铺纸、和墨、提笔，用毛笔按竖行工笔手写，在这些仪式里面，就含着对汉语的一种礼拜和恭敬。现代人对汉语的情感的培养，理应从这里着手。日本茶道之成为艺术，并不仅仅在于茶。

很多人对我说，日后孩子定用电脑，书写不好没有关系。我没有对他们说起汉语情感这个话题，但我说书法和心性有关，汉字的规范书写能锻炼耐力、坚韧毅力，在书写上获得的品质将能用于一切方面，将使得人沉重起来，而不浮。如果你的孩子浮躁，那你就给他开一剂中国的方子，让他练字。

我看到很多年轻人刻苦练签名体，社会上到处泛滥着龙飞凤舞的签名体，让人的心一缩一缩的。把三个字写成一个字，而且还张牙舞爪，既不成体，也不成形，更重要的是你不认识。你不能说他在糟蹋汉字，那样打击他勤学苦练的积极性；你如果鼓励他，那又是怂恿他邪门。

前年我奶奶过世，父亲撰写了祭文，让我用毛笔手写，父亲已经眼力不济了。我写好后，父亲一看，就说我的毛笔字退步了，他摆开架势，要我去给他拿老花镜，他要写。我汗颜，以前我的字是写得不错的，书文闯荡久了，可能就有了些痞性，于是，我又恭恭敬敬地重抄了一遍。我想，是汉语文化罚我重抄了一遍。

我想奉劝所有的家长们，买一本线装古籍书放在家里，常和孩子们一起翻翻，看看我们的文化是怎么传布下来的。我想劝古籍出版社的人策划一个现代版古籍的本子，用来作为普通人家的收藏或者用于现代人对古老汉语的感性认识。这个时代，很多东西已经不古了。只有下面一桩事例外。我在一所学校里，看到了一个大学生的一本记事本，上面记着一个学期以来的香烟开支情况，左边一竖列是香烟名，右边一竖列是单价，中间用很多像阿拉伯数字 1 又不像阿拉伯数字 1 的竖线表示着包数。我看了好半天才懂，就跟坐牢的人在墙上记日期一样，买一包画一道。看到那个本子后，直到今天，我跟谁也没说，心里一直难过着。在今天，居然还用比我们古老的汉字更古老的办法来记数，看来，我们要退化到氏族社会去了；看来，有些问题也并不是一本两本现代版的古籍书能解决的了。如果他书写、学习汉语的话，汉语是能在一定程度上治疗现代人的现代病的，但是，他拒绝了汉语。罪过！

裘文希： 小女子的霸业

在中国杭州西湖区，有一所很小的学校，嘉绿苑中学。这里八年级有一个如雷贯耳的学霸，4班的裘文希。每年颁发奖学金的时候，她都能扛一辆赞助商的跑车回家，因为她不会骑（她闺蜜说的）。在班上她不幸而是班长，每当她大叫一声某难题答案时，全班鸦雀无声，那可是一片爱戴啊。可她维持纪律大喊肃静时，同学各行其是，依然故我，她根本不存在，也无法刷存在感。性格柔弱、温文尔雅的小女子此生能不能成就霸业？上古角力，中古角智，今天角的可是德啊，哈哈哈哈，霸气不？

今年她已经长很高了，喜欢笑，不过才刚八年级，一月龄。喜欢笑是不是缺陷？不被繁重的社会工作改夺的人，要么是圣人，要么就是不要好的有德之人。从初一入学起，她就来静静地听我们文学社的课，参加文学社的活动、主导文学社的是高年级的社员，她似乎不存在，因为初一的小女生太柔弱了。也许她们古怪精灵，也许她们在班上像丫蛋一样很"冲动"，激情四溢，但我们这里玩的是一些更高（此处省一个字）格的话语。她只能承受，只能服从，只能回家默默做。她写的东西很多，发给我的也多，而且质量挺高。不过有时是她妈妈发给我的，我就怀疑，这是不是裘文希写的？妈妈是一个孩子的经纪人啊，包打字，包修改，包邮寄，祖国的花朵不能接触互联网啊，不能沉迷 QQ 啊游戏啊，好的家庭教育似乎都是这样。似乎那时候我还不知道她妈妈在浙江大学教航空航天系的光学，不知道她爸爸在家炒股，不知道她把压岁钱投资给中国的上市公司，然后她爸爸给她分红，保证宝贝女儿的本金不损失，即便她爸爸损失了 80 万元。为了写这篇文章，我找她聊天，猛挖他们家的隐私，谁说写文章凭才气，我回家找砍柴刀来削他！我说，裘文希，那你平生已经做过一次投资了啊。她茫然地说，投资什么啊？我见我们不在一个频道，就说，你真的不会骑自行车？她旁边有一个闺蜜大喊，哈哈，老师，我再爆一个裘文希的软肋，她虽是学霸什么都强，但不会做坐位体前屈。这下临到我不在一个频道了，我说，什么坐位体前屈？她说，身体柔韧性的一个体育动作。对待学霸最好的办法就是找她的软肋，然后我们劳苦大众获得平等感。否则，我们平庸之徒怎么活？当裘文希的语文老师陈奕虹用中央电视台主持人的标准的普通话，字正腔圆地说她的优点时，我说，能不能说点裘文希不正点的，她又一次用标准的普通话说了一遍她的认真，刻苦，和守时交作业。

好吧。剩下我孤苦伶仃的只好正面和裘文希交锋了。下一次文学社活动时，我说，今天我们研究裘文希。然后我说，裘文希，你有才吗？你写过多少东西？你最喜欢你写的什么？我说，今天你们一起给我爆她的料，越多越好。她说的话让我大跌眼镜，她说，我写过许多读后感。但是，我很快就体谅她了，不过我想哭。做学霸苦啊，门门成绩要拔尖，不做大量作业怎么行，每天无病呻吟想入非非怎么行？她哪有时间来"文学"啊？想当年艺术可是欧洲贵族的事啊，与贫困、奔波、谋生无关。我又问其他同学，你们写的东西多吗？有两个说他们曾经写过一些东西，在手机上。我问现在能看到吗，他们说丢了。我妥协了，说，也许……你们……没时间写那么多，但要知道怎么写，比如上次那个《遇见自己》，裘文希遇见的自己，20 年后她是一个杂志编辑。这不好玩啊，为什么遇到的不是一个控制外太空宇航员的光学师，那样，你就可以找妈妈了解她的专业知识，然后把妈妈的知识基因嫁接到你身上，然后幻想许多太空生活，多刺激啊是不？不过……我有点强迫了，哈哈，你们还是愿意做平庸的自己我知道的。后面他们继续爆料给我，说裘文希居然和一个男的聊 QQ，以前小学的，不在我们学校。我吃惊死了，说，我们祖国的花朵居然不能聊 QQ？他们说，不，是一个男的，她是学霸，居然还和一个男的说话！我有十副眼镜也会跌完，难道一个学霸就可以只学习不长大？既然说开了，他们就继续说，裘文希身边有一个男生，好花痴哦。裘文希说，哈哈老师没什么，我以前帮助过他啊，是我的扶贫对象。

来日方长，是聪明的人自然能领会许多，我希望她是一道光，能发出贯穿宇宙的芒。不过从太阳照射过来的光，8 分钟才到达地球哦，请耐心等待。

用纯净水刷牙

我女儿每天早晨在饮水机里放水刷牙，一者她喜欢那一套流水设备，二者跟司空见惯的自来水龙头不一样，在冬天里饮水机能提供温水。女儿就此养成了一个习惯，或者叫脾气，一年四季之中，她棍打不动地每天早晨都要从卫生间的自来水龙头边拿只漱口缸远途跋涉到客厅的饮水机前，去放水。最后，她发展到一次也不能将就，差不多达到了非纯净水不刷牙的地步。当然，如果你把自来水灌装在纯净水的瓶子里，那她肯定也是无所谓的，她之所好者，并不是水，乃那一套仪式。

我要说的是，一种僵化是很容易养成的。也许还应该说一句，要打碎一种僵化则是难而又难的。我女儿的学校里规定，学生不准带饮料到学校去饮用。这是一个提倡节约的好举措。与此相应，学校还提供了便利，提供了饮用水。但为了喝到学校的水，必须要自己带空瓶子到学校去。有一天早上，我们家里没备好空瓶子，女儿赶着要去上学，急等着一只空瓶子。我们家里有整件的可乐和果汁，但没有空瓶子。我们让女儿带一瓶饮料去好了，还说，不行的话，就在路上喝掉它，以一只无可挑剔的空瓶子面带微笑地走进有值周同学相迎的学校大门。但女儿死也不肯，她说，把一瓶饮料带出家门，放在书包里，开始上学去，那就叫带饮料上学了。女儿还说，在学校里表现不好，是影响期末的三好生、优秀少先队员的评比的。

没办法，我们只好依从了女儿，拿了果汁瓶，倒了果汁，又为了不与学校的提倡节约的精神相违背，我们把一瓶金黄的液体倒在了一个容器里，取了空瓶给她，才把她给打发走了。后来，等女儿走了，家里另一个人顺手把那个容器里的液体给倒了。

学校里不允许带饮料，孩子都主动不带，或不敢带，这是好的行为规范。但这不能成为一种思维定势。一旦形成了一种思维定势，就不敢想着破一回例，就不敢去破成规，就不敢去产生新想法，去创造了。求学期间的孩子是很较真的，但我们并不希望他们的思维板滞起来。我们这个世界上充满着循规蹈矩的人，充满着整齐的顺从的不越轨的思想，这是好事还是坏事？差异性和不相同性是我们这个世界的特质之一，几乎没有两件事情的性质是完全相同的，几乎没有两件事情发生的背景是相同的，也没有两个人的人品是完全一致的，没有两片树叶是一模一样的。我们之所以分类，把什么和什么搁一块儿，完全是为了管理的便利和归类的便利，我们之所以制定一些规范，也是为了管理的大面积收获和成效。那一天早晨，从客观的情况来看，我女儿完全是应该采取违例行为的，带一瓶饮料到学校去。

但是，如果是这样的话，在这里，家长和老师的评判标准将会出现错位。要是孩子根据家里的实际情况，带饮料到学校去了，家长认清了事实以后，会认准自己的孩子脑筋活络，会变通，日后有前途。而老师则会不管原因和解释，将事情定性为违规，因为在他那里，规矩是一把尺子，谁也不能坏了它，他不能为了你一个人的一次行为而坏了他的天长日久的规矩。

在成长过程中，孩子每时每刻都有创新的机会，但也每时每刻都面对着僵化的威胁。我这是在反对学校的教育吗？我们在这个问题上来一百个回合争一个输赢是没有意义的。学校教育应该是为着孩子成长的，而不应该想着自己作为一个事业单位如何体面地有影响有名望地发展下去。在教育这个严肃的话题里，到底是王法重要还是人重要？不言而喻，是人重要。还是更多地想着作为"人"的孩子吧，想着孩子将会被塑造成为一个什么样的人吧，而不是过多地想着班规民约。只有家长和老师和社会都这么想了，孩子才敢大胆地成长了，才能大胆地成长起来。

大雪天突如其来的想念

去年冬天比较冷，我置身在这温暖的杭州湾的漫天大雪中，闲无所事，忽然想起了我的一个学生。

记忆是滚热的。十几年前的一天夜晚，我还在遥远的地方，学校下晚自修课后，一个小偷摸进了我们语文组办公室。当时周围一片黑暗，办公室里更是漆黑。他一个人在里面摸了许多老师的抽屉。但是，当年我们这帮老师真不是东西，抽屉里什么也没有，连一包烟都没有。

那年头大家喜欢气功，我一个人静坐在椅子上，静静地禅定在黑暗里。

他一下看到一个黑影时，感到非常奇怪，也非常吃惊，他刚才把锁搞开了，他无论如何也不清楚我怎么把自己锁在了一个密闭的室内。

他像猫一样，惊惶地想退出去，想带上门。

他以为我还在自己的禅定中。

其实，办公室前后有两个门，后面的门虚掩着，而他不辞辛苦，搞开了前门。

就在那时，响起窗子外面另一个老师的喉咙声：小偷，乖乖出来，把灯打开，我们发现你了！你别想走了！

这是我熟悉的喉咙，小偷急了。他从这个窗子跑到那个窗子，但几个老师把几个窗子都阻住了，好像手里还拿着板砖。他像狼狗一样在窜，从这边窜到那边，想从门里出去，夺命而走。

他当时里外受敌，就虚弱地小声地说：我什么也没偷。外面的老师在大叫：你乖乖出来，学校的保卫马上就要来了！你把灯拉亮！

突然，他在东面窗子那里弄出一点声响，跑到西面窗子那里，扳断了窗栅栏，夺窗而走。

他狂奔在校园里，他的身边是猛扑上来的老师，脚边是板砖在跳动，但他奋不顾身地狂奔，他是一个学生，他不能丢老师的脸啊。

事实上，刚才我从他的声音里听出了他可能是一个我熟悉的学生。

我也冲出去了。后来，两个男教师擒了他胜利归来。我们三个人把他带到了一个亮处，我认出了他，我说：啊？是你。

是的，那个小偷是我复读班的学生。

去年杭州下大雪了，我在一座城市里什么也不想干，我忽然想起了这件事情。

我后来放了他。我的学生交由我来办。虽然他还偷过别的东西。

他对我充满了感激，他当年也考上了一所名牌大学，我们在档案上没有记录他的过失，他的认识态度还是很好的。

我一直不知道他后来分配在什么地方工作，我也想知道，但又觉得还是不知道的好。

他一定明白那天我为什么坐在里面一动不动。

青藤街廊

·如果哪座城市愿意，这条青藤街廊就在那里安家吧。这是一条风情万种的路面、世界第一的路面、能把城市变成真正意义上的花园的路面。空想家的智慧是免费的，实现它本身就是空想家的愿望，不存在专利问题。

现在我们假定它出现在杭州。青藤街廊在通往西湖景区的某一条主干路的路面上，在现有的路面基础上进行了再拓宽，形成了一条宽阔的大路。中间是四车道，双向行车，是为内车道，跟现有的规模相当。旁边条形绿色路面隔离带外，仍然是在路面正中，两边各有一条徒步街，各设计为约两车道路宽，均为双向行走路道，这就是所谓的外步行青藤长廊。再外侧，还有例行的非机动车道和彩色标志性的城市砖道路面以及相应设置（电话亭、报亭等），以增加路面的宽度，可以不表。

游客从杭州市中心的某一个广场，开始徒步逛，抵达西湖景区。步行全程设置为现在的武林广场或吴山广场到达相应湖面的距离，步行者可根据自己的意愿，确定自己行走青藤街廊的路段。这样设计，可以使西湖的自然景观和杭州城市的人文景观达到极其和谐的融合，使得西湖一带山水景观和杭州市内混凝土水泥景观之间不出现人的情趣上的分离，还使得游人游览西湖的兴致早在抵达西湖边缘之前就已经产生了。

现在我们来仔细看一看什么叫青藤街廊。构想的最奇妙之处就在这里。在春夏天，紫藤花成串，纷纷下坠，悬垂着，布满行人的头顶，到了秋冬，果实也悬挂成景，给人成就感和丰收的喜悦。上面是绿色的棚架和繁密的爬藤，微微露出点天光，底下是红色步行地毯，步行长廊在两边都可双向铺设，也可单向铺设。大街左侧的青藤长廊，是背离西湖走向的街廊，人流肯定较疏，可以设计为普通路面。右侧为进入西湖景区的路面，人流肯定密集，钞票允许的话，可分路段设立一些电动滑道，一截一截地载着慢速游玩的人去谈笑风生去。

如果左右都是单向铺设地毯路道的话，那么，左右两边的行人可以隔着车道对视，对喊，调情和飞吻。当然，无疑，要种植很多的巨藤。街面一系列巨藤的根部应该都扎在青藤长廊的外侧。这样会造成奇妙的效果。从天空上面俯瞰，整个路面的中间行车部分为全开放露天的，且又和两旁步行路面的空间构成一体，共享空间，形成车人合一的态势，有大棚的宽敞感（这个比方不是很好）。巨藤的根扎在这条路面的常规人行道的边缘，等距离地入地，这里需要有一点规整。空隙处杂以白色的座凳和秋千，几者相配合，构织成自然遮蔽线，起一定的隔离作用，因为外面还有非机动车道和人行道。

到过去去

　　未来世界，首先是交通工具问题。人人坐在一个独轮座垫上，该座垫是马桶，是自己的"家"，是自己的"忠实走狗"交通工具，也是一个向外层空间的发射装置。街上有轨道，你的速度可以随意设置，系好安全带，瞬间可到上海。你当然可以把自己从座垫上释放出来，来健身，行走。过去的那些运输工具比如汽车，实在是太蠢笨了，不光体积大，而且速度慢，耗能多；还有，到机场去坐飞机，完全是一个笑话，哪里有那么多的时间耽误？当然，座垫这一张可以伸缩的椅子，也不仅仅是椅子，它还是人们最不可缺少的联络终端。

　　在晴好的天气里，人们可以把自己弹射到半空中去飘移，只需要打开一把伞就行了，当然，这需要在规定的区域。各种飞行物按飞行高度分类，以便各走各的道。人是最接近地面的。事实上，人们已经会飞。许多年轻人为自己装备了漂亮的翅膀，享受自己迎风飞翔的快乐。交通警察也在自己值勤的路口飞行飘移。

　　人们没有了个人的房子，不会像过去那样把你固定在一个点工作。人还在工作，但是在运动中工作。在自己的随意的飞行或个人行动中工作。上班并没有点名签到之事，人们把自己每天的工作成果通过座垫的强大的网络传输功能实时地上交了。那些社会生活中最为基本的一些产业，全都自动化了，一座超大型的食品加工厂只剩下了几个控制塔上的工人。社会上提供了大量的游乐和休闲场地，人们都在外面吃饭，吃饭问题社会化了，睡觉问题社会化了，娱乐问题也社会化了，世界上还有几个保守派固守的家庭。人们唯一的私生活就是说话、做梦和进行文学艺术的创作。人们每周的工作时数锐减，人们几乎都成了无所事事的人，人们写一些书来怀念以前许多人在一起上班的情景。

人们在地面上建造了许多有关于过去的博物馆。其中有一处是按乌托邦的理想建立起来的。人们可以去住一段，那里的一切陈设都是古旧、原始的。瓦陶、水瓮、葫芦瓢、石凳、树叶、荞麦、泥鳅、风、阳光、寂静，只有这些。到了那里，其实也就是到了"过去"，没有任何人来为你服务，你像一个古代桃花源里的人一样，进入一个茅屋，周围也住着别的现代人，但你的身边有东西周、两汉、魏晋南北朝、唐宋元明清的人。

你和古代的人杂处，你生存在历史的纵深的"过程"之中。那些人，每一个都是地道的"本朝人"，不是现代人穿一套衣服就伪装成的古代人。事实上，你也可以把自己设置为一个古人，手边就有一个切换开关。事实上，你也可以通过切换开关"召唤"一个你的祖先亲人来，和他重新共同生活一次，或者"召唤"一个人类复原的一个古代风流人士（比如李白），召唤他来和你聊天。人们把有关于李白的一切研究成果，都赋予了一个机器生物人，该生物人执行了人们给他的指令。

当人们自由地在古今和未来穿梭时，实际上，人们就已经取消了时间这个东西。时间这个词终于消失了。未来社会的人们举行了七七四十九天的欢庆大典来庆祝。

"时间"这个词确实是不"实"之词。不同的运动系统和结构享有着不同的时间刻码，就好像一个地方的人使用十六两制的秤、而另一个地方又使用十两制的秤一样。人类在第一次到达月球，就甩了第一块手表，到达太阳系之外时，又甩了一块手表，换了另一块手表。第一块手表明确地球时间。太空，人还在行进，又不停地甩表。天体以不同的体系作为它的时间结构单位，以不同的速率在旋转。人们可以穿行，穿行，不停地穿行，但最终人类到达了一个位置——人类的过去，这是一个原点，生命的过去，死亡。

　　所有的人都大吃一惊。

　　取消了时间以后，所有的过去和所有的未来都漂浮到了现实的空中，开始不同时地、没有方向地上演世相。当初我们需要时间，不过是需要一个向度和刻度而已。无时间状态，即没有未来，没有过去，没有今天，出入无迹，一下在这里，一下在那里。这一切行迹都表明，其实也没有空间。人们造出了空间这个词，以方便对空间产生理所当然的害怕，把空间说成是广袤的无边无际的。事实上，宇宙是一个致密的场，是无限向外延展的，又是笼统归一的，即使你永远不出发，你也已经完成了别的疲于奔命的人的一生行走的总里程，坐地日行八万里。即使你的相对运动没有做，你也在运动。由于地球吸引力，人们永远感觉不到自己是头朝下，还是头朝上，这证明了方向的不可靠性。地球不时转动到我们头朝下的位置，但我们没有感觉。真正的物理世界是没有偏见、没有成见、没有既往概念的世界。

　　未来世界会消灭钞票，除了博物馆里还有所陈列以外。世界上最优秀的科学家都在研究人如何脱离座垫，研究通过生物技术如何把人们的骨骼变成空心的，然后让人的身上长出无可挑剔的各色羽毛。人们反感一种叫作衣服的东西。媒体无休无止地讨论这一种做法的科学道德问题。人们一直小心谨慎地使人成为人，成为不可替代的人，成为唯一的人，痛苦的、忧郁的、宿命的人，而不愿意成为不死的物。科学在这里感到困惑。通向未来世界的路没有路径了，我们也成了望断泪眼的人。

她们梳理别人的头发比梳自己的还精心

王赢是只细眉细眼的小女子，3年前就师从了我，当龚自珍文学社的社长，经常课间跑操时偷懒，和闺蜜余亦琪一起爬几层楼梯，笑嘻嘻地走到我跟前来，说，老师，我们来了。外面跑操声正紧，一派沙场秋点兵的气势，我大声说，你们又懒！她们会异口同声地说，老师，这是工作好不好！是的，这是工作，我们事先已经约定了，有空就过来，否则，王赢这个高挑的班长怎么能不领队、领操呢？然后，我们就商量剧本怎么编写，征文怎么完成，活动怎么参加和开展等。文学社是游击队，在学校是夹缝生存状态，没有多少时间给你，喜欢文学的人都是心灵上精神上皈依了它，但形骸还得屈从于许多清规戒律，什么月考啊作业啊等等。好在人的精神是自由的，心永远是一个旁人无法涉足的禁地。但是，事情却又实实在在有许多。哎，为了志趣，为了爱好，我们只得将许多身家都舍了。

有一次，我指导王赢朗诵一个东西，大概是要全校发言，她温柔款语，语调里有许多嫩白的虫子在爬，我好难受，对王赢说，你能不能别那么细声细气地和我说话，我听了骨头好痒。她还那么腻人地笑着，牙齿细碎洁白整齐，甜死我了。她妹余亦琪也那么笑，不同的只是有点粉。这个妹子和她，真是一个仆一个主，像极了一对。我说，王赢，是不是你爸你妈都在大学教体育，所以你就要这么温柔，这么小女子，这么文艺，这么宫女？别装了你，给我威猛起来！她被我的强势击败了。她的悟性当然也很好，懂我的意思，说，也许吧。接下来，我们又练习，这次她的朗诵就严肃了许多。当我们排练完了以后，她们俩造反了，老师啊，你太……太那个了吧，你怎么能让我们女子不扮女子呢，你你你是不是有点那个的那种？我说，哪个？她们：那个，就是……那个，哈哈。还是一个甜，一个粉，真是没办法，女儿本质，老衲我回天无力啊。

王赢，一个细长的女子，个头巨高，在班里站起来总是笔挺的。我经常吓唬她，你不能再长了，搞文学的没你这么高的！在班上跑操时她是领队，集团开运动会时，我和她妹余亦琪在主席台上搞宣传，我拿起麦，冲着底下的冲刺路段，大声喊，王赢，加油，冲，冲，冲！我在主席台上大施虎威，为我的爱徒大喊。许多竞技项目她都是不二女神，这可能正是她小小女儿心里害怕的、恐惧的：我立志当文艺青年，怎么能这么彪悍呢，那些世面上无主的面粉做的帅气男生要是晓得了，叫我以后怎么出去混？而她妹，则因为幼年哮喘，小学时有次体育课晕厥，现在得以特批可以不上体育课。真是绝了的一对，她们经常在QQ上玩么么哒，当然偶尔也玩女汉子，还当然，我们都是QQ好友。

集团社团文化节开幕时，王赢因为个头高，我们让她扮演杜甫。清明时节雨纷纷，路上行人欲断魂，4句话，一定要说4个世纪。而余亦琪扮演牧童，给一个大诗人指路，遥指杏花村。董方宁给我们弹琵琶。歌舞相伴，音乐如雨，穿越时空，各种各类诗人、文人翻飞，舞台展现的是一个艺术的盛大殿堂。之前是买衣服。他们兴致很高，到淘宝上买古装，后来找熟人买，买了许多古人的头发，古人的衣服（外衣哦），还有男生错买了盗墓工具等。然后有一天，一起来我办公室里穿戴。我让男生都到外面去，我也去，让女生在里面换装。过了许久，她们还不开门，我对一个男生说，她们不能占领公共场所，去，提醒下。这个男生已经从男厕所出来，蝴蝶结已经戴好，黑西装白衬衫也已经穿整齐。然后，我们进去观赏各色美人，我对第一才女胡丹宁说，你怎么把自己扮成丫鬟，这还懂不懂文言懂不懂服饰？她还在自我欣赏中，说，我是丫鬟吗？我说，人跟人都一样的，她王赢有什么了不起，你怎么就忍心糟蹋自己扮下人？我对余亦琪说，你也是，总是做仆人。她说，我这是总角啊。我说，总你个头……哈哈，不过，挺好，都到了自己的角色里。她们互相梳头，她们梳理别人的头发比梳自己的头发还精心。人啊，怎么说呢？后来就是演出，我们候场，在主席台下，我的文学社，还有舞蹈社的，都穿戴好了，那个美啊真是惊翻了天。王赢是不苟言笑的杜甫，当她戴着杜甫帽，穿着杜甫衫，摇着杜甫折扇，一步一踱地走在台上，吟诗，董方宁在给我们营造艺术境界，我们立马就征服了底下所有的粉丝。或许不是所有人都认识王赢，但所有人都知道杜甫、杜牧……

或许，不是所有人都知道龚自珍文学社，但未来，大家或许都知道王赢、胡丹宁、董方宁、余亦琪……他们现在不过是小小的获奖狂人，什么鲁迅青少年文学奖，冰心少年文学奖，中国中学生大赛等，一去玩就有收获。我们今天所做的一切，都是对未来作预期，为将来埋伏笔，为一个嫩生命点染中国墨，为一个现代人装配好世界级的智能穿戴……

还有一次，杂志社将王赢的稿费发给我，我通知王赢来拿，她说她很忙，在上什么提高班。后来傍晚，她外公骑着假冒的摩托车带着她风风火火来了，我将汇款单给她，但是之后好几天都是求救声，王赢一个劲地说，老师我提不了款，邮局说我不是人，求你给我取吧。我说世界真胆大，怎么敢欺负你们未成年人，他们知道你以后是什么人吗？但我……管你什么也不能管你的钱啊妹子。

即兴杀人

　　课前学生演讲名著片段，一个同学今天讲的是三国中的赵子龙力斩五将，说一个人骂赵子龙是反贼，赵子龙一气之下，就用枪挑了一个人，用箭射杀一个人，一口气共斩五个敌将。

　　老师和同学都认真地听。等同学回到座位后，老师开始总结并即兴评论：

　　"那赵子龙是哪个杀人学校毕业的？杀人水平、杀人技术倒很高的！他在两个阵营呆过，人家说他是反贼，也还不算捕风捉影。就为区区一句话，就杀了五个人。今天同学演讲的，就是这个，你们听了，很快活，是不是？……现在，我也即兴'杀几个人'来给你们看看。五马分尸，你们听说过吗？是的，把一个人绑住，用五匹马，往不同的方向狂奔，把人撕碎。还有，古代打仗，把人斩到马下以后，把首级割了，拴在马下，带回去邀功请赏，你们晓得吧？古人留头发，就是给人家拴的。生命还有价值吗？人头就像萝卜一样，还敬畏生命吗？战争，就是对生命尊严的亵渎，而我们却很容易在战争中间找到快乐。那个获得了2000年诺贝尔文学奖的中国人高行健，也在自己的书中间写'杀人'，他写游击队杀人，把人绑在毛竹上，先把两根大毛竹扳弯下来，把人绑上面，然后，把两根长长的大毛竹猛然一下放了，这样，人就在空中被劈。残忍吗？他就是靠这个书获奖的。美国参加过越战的那些老兵，在越南杀过人，回去以后，脑稀就有点搭牢。想想，一个血肉之躯的人，把另一个血肉之躯的人劈了，他回去以后，不做噩梦吗？一个杀了人的人，他的心理状态肯定要会变化的，你们同意我的这个说法吗？一个坏人也是人，你们同意吗？我们这个世界，要让正义来主持公道，在我们还不了解某一种杀人行为的性质之前，我们最好先不要感到痛快，也可能那正是痛苦呢！是不是？"

同学都说："是的。"特别是男生，声音都是从胸腔里出来的，说得很雄壮。

仁慈训练

英语教师姓包。有一天她正上课时，办公室一个老师突然神色紧张地跑来，把包老师叫出去，又要她把讲台上的东西收拾掉。包老师第二次进班时，眼里已经是噙满了泪，大家都知道了一个惊人的消息：她刚满两周岁的爱女在老家门口玩水时不幸去世。包老师想坚持把最后几分钟的课上完，但她不能坚持。匆匆布置完作业后，她还傻傻站在那里，学生都指着教室前的钟说："包老师，已经下课了，你快走吧！"我的那些学生太善良了，好像包老师去了就能拯救她女儿生命似的。包老师哭着离去了。

我知道这件事后很感动。那周的一节班会课上，我放下了预先准备好的班会计划，和同学一起，找出一张漂亮的纸张，然后，我们一起写一段安慰包老师的话。我觉得这是捕捉身边小事进行善良心地的训练，这个表达本身就是仁慈的。大家以前都见过那个小不点，她很可爱，在班上跑，和桌子一样高。每个人都写了，都写得非常认真，大家的书写态度也非常端正，不管是谁，都是这样。

下面我节选其中的一部分，我觉得这就是我平生遇到的最好的表达，最好的作文：

不要太难过，事情发生了就无法挽回。包老师，我们等你回来！包老师节哀！你原是一个普通的母亲，现在你可以用你的坚强变成一个伟大的母亲。不要哭！不要哭！不要哭！……我做你女儿……
（袁学治还画有一幅画，很漂亮）

既然事情已经过去，那么就向前看，忘记悲伤。包老师，我们这里有50个孩子等着您。（蔡俊）

包老师不要伤心，赶快振作起来，我们可以认你做干妈。（周狄红）

包老师不要悲伤，如果可以，我可以做你的儿子。Love you！（李波）

不知说什么好，总之大家都很为你难过，谁遇上这样的事都是如此，不要考虑太多，安静地睡几天，事情总会过去，虽然需要时间，我们会等你回来。（雷娜）

包老师，你女儿的事，已成为往事。人不能总活在过去。我希望你能赶快振作起来，重新回到自己的工作中，我们在这里等着你。对我们来说，你不单是我们的英语老师，还是我们真诚的朋友。我们等你……（孔令琪）

我为这个世界上从此少了一位安琪儿而感到悲哀，也希望包老师能尽快从悲伤中走出来，明天在等着你。（吴超）

从你离开我们这几天后，我们才感到你是我们的最爱。希望你尽快离开悲伤，到我们中间来，我们都是你的孩子。（施婕）

如果一朵玫瑰可以换你一点笑脸，我会送你全世界的玫瑰，我也会因为你变得勇敢一点，我不会再让你多掉一滴眼泪。（蒋芸）

你的美丽的小天使一定会成为上帝的宠儿。希望时间能冲淡一切，让你忘记伤痛。让她成为你的美好的回忆。愿你快乐每一天！不要悲哀，不要悲伤，不要痛苦，要勇敢面对。因为明天是美好的，为了未来，让笑声充满每一天。（高靖科）

千言万语也说不清楚，只希望你能从悲伤中走出来，毕竟你还有我们50个儿女，愿你永远年轻美丽。请把悲哀留在今天，明天也会是另外一天。希望你能从悲伤中坚强地站起来，过去的伤心事快点忘记，明天会更好！（宋亓亓）

我们是你的学生，也是你的儿女。不要害怕，你没有失去我们。尽快从阴影中走出来，我们希望你能快乐。虽然我不能体会到你的痛苦，不过还是尽快从痛苦中走出来吧！如果你觉得伤心，就跟我们倾诉吧！如果你觉得太寂寞，就把我们当你的儿女吧！（赵西泠）

但愿能重现你那甜甜的酒窝，与我们共度时光。包老师你别难过，我们大家都很关心你。包老师，不要伤心，有我在呢……（季节）

包老师，我相信安慰你的话，同学们都已经说了。我要你保重身体。（魏温州）

对一个已经逝世的亲人，最好的怀念就是坚强。你上课是那么的好，以后一定认真听讲。包老师你别难过，让我们带给你欢乐，在你悲伤的时候，我好想你。还有，过好自己美丽的一生，这样你也就对得起她了。不要难过！（吕品）

下课前，大家把写好的东西集在一起，郑重地交给我。我说："这都是你们心地善良的表现，仁慈的表现，有些是有文采的善良，有些是纯朴的善良，但没有一个人是游戏的态度。这就好，大家用这种态度来对待生活，对待作文，就能写出深刻的东西，同时，我们的为人也会变得善良起来。"

如何制造孙悟空

现在我们来研究如何制造出孙悟空和金箍棒。也许，将来的某一天，我们中间一位获得了国家勋章，就是因为这个。这是一桩不可能的事，但我们要去做，如果不能通过科学达成，我们就通过艺术来完成。第一个问题是再生，还是重造。由于孙悟空并没有真实存在过，所以一定是重造。这就不需要克隆，复制了。孙悟空是一个生物体，介于猴、妖、魔、兽、人、怪、神之间，我们不能定义。金箍棒是一件器物，但又不仅仅是物。这需要一打生物技术，培育干细胞、3D打印超强心脏之类，脑机接口等，这些都是常规的工作。更为艰难的是，孙悟空的本领塑造。我们可以造出那么一个半兽人来，但他不能平庸如我们。其次，打造金箍棒需要新材料，更重要的，它的可大可小的能耐，我们怎么实现？

孙悟空最大的本领是变幻无穷，有七十二般变化，筋斗云十万八千里，他可以变成别人，变成物，可以进入别人的肚子里，可以大，可以小。其次是不死，他偷吃了长生不老的丹药，又被高温炼成了火眼金睛、一枚铜豆子，获得了不死之身，与天地同寿。再次，他手里有一个大杀器，能随着他的意志而变化大小，他采用的是意志控制法，轻松自如，这个物件若是能制作出来，那就是中国的无量兵器。

一变幻无穷的生物体，控制着一变幻无穷的大杀器，这还了得？绿巨人、魔兽、大猩猩、蜘蛛侠、外空人，都会被这小东西打败。他战败别人不靠体积，体积小了，变化无穷，反而好收身歇工，反而好调戏别人。

孙悟空是明朝时中国民间创造出来的神，通常我们说英雄是人，而他是神。又不是世袭，没有背景的，靠作乱硬搞出来的神位，是没有谱系的神，平民神。修改了生死簿后，他自号齐天大圣，玉皇大帝派天兵先剿后招，封了他一个天官，正式成神。他不好好干，嫌小，回到了花果山当猴王。他在神和动物之间变化，也在人和动物之间变幻无穷。他抢了一件人类的衣服，穿着，去找老师学艺。学本领的时候，只对不死之术感兴趣，其他本领都不喜欢。他最喜欢的是不死。只要不死，他就有得和你搞，搞得天下不安宁。他的不死之身不是别人赐给他的，是他自学得到的，什么手段都用了。人类的理想是永生，他和今天人类的理想不谋而合。众人和玉皇大帝称他为猴精，妖猴，被他弄得没办法，才封神买个安的。

猴子是善动的，猴性好动，猴子敏捷，喜欢作弄人，因为你逮不到它，它们善于复制自己，一座猴山，满山的猴子，就是量子态的，你分不清哪个是猴王、猴精、他能利用迅速复制，而让敌人永远打不死他，或者说你打死了我一个，我还有千万个，只要嚼一根毛，吹出去，我就是无数个我。

这种神在中国的众神谱系里，都是找不到的，所以他更民间，更没有规矩，更有杀伤力，而且喜欢搞笑。猴子是可以耍的，可以被牵着演出赚钱谋生的，但他的众多表演远远超出了这个，他的表演完全是大片级别的，史诗级别的。人，他是看不起的；妖，是他最好的一口；如来，观音，玉皇大帝，他统统不放眼里，没有忌惮。

这是中国最底层的百姓封的神。他们世世代代不能咸鱼翻身，就造了这么一个英雄，一个神。而他的习性，却还是那么的猴性，那么的熟悉，没有许多的假正经。

他善于变身，身份在人、妖、猴、神、怪之间来回变幻，甚至根本没有身份，他到了哪里，在哪里，就是哪里的身份。在世界各地的最高级神灵中间，神都是可以变化的，可以瞬间显现，可以从来世穿越到此生，从过往显形到当下。神的本领，中国老百姓都赋能给了孙悟空，为什么你可以，我们泥腿子不行？我们可以在说书中，让猴子先行。艺术创造真是一件伟大的事，我们把没有的东西，变成有形的东西，我们把卑劣下贱到尘埃里的事物，塑造成崇高伟大，这造就了人类的智慧，这简直就是量子艺术活动，也是世界的一种可能。为什么不可能？

人类是渺小的。我们看到的世界只是全部的一小部分，直径零点一毫米以下的，就看不见了，如分子、粒子、原子、电子、质子、夸克，这微观世界活跃地存在着，在运动，绚丽多姿。微观有一个量子世界，宏观有一个量子宇宙。分子、原子、质子、中子之下，最小的不可分的度量单位，被叫作量子。量子你捕捉不到它，它真实地存在。爱因斯坦的老师普朗克发现世界上没有物质，更微观地分层分级看下去，最后就是没有物质，因为可以观察到的量子其实是变化无穷的，是一种难以捕捉到的虚无态。爱因斯坦后来从光中间看到了光子的波和粒，它们不走直线，人类的观察器件捕捉不住它们，百万分之一秒的快门也只能捕捉到它们的一个形态，而它们的纠缠，各种穿透、曲线、变化、关涉，都是人类望洋兴叹的。一个微小的核裂变、聚变，能产生巨大的能量。一个量子态的空无所有，里面却有着事实上的许多不可解的联系，如果我们把量子的纠缠态全部搞清楚了，我们就把最基本的物质单位全部搞清楚了，我们就可以制造出孙悟空和金箍棒。孙悟空和金箍棒都是从无中产生的。金箍棒是可以和孙悟空合体的，也就是说，金箍棒可以是孙悟空生物体的一部分。当主体和工具合二为一时，世界将会发生新的变化。这个地方的老孙，可以关涉远距离的另一个老孙。这一些生物信号的传输、分合，都需要在一个生物系统里实现。量子学说是在这种情况下产生的，即无实物实体情况下的关涉现象，比如光和热的辐射、电波、电磁现象等。孙悟空的变幻本领是一个中国不留姓名的祖师爷赋能给他的，老孙自己又在各种战斗中提升了技术，我们发现他能穿越一切时空，轻松回到过去，还能到未来去，完全不受三维四维五维的时空限制，这一种本领是由超高速度达成的。那他体内的超能量又是怎么来的呢？一棒打下去，泰山的质量抵达敌人的头上，这种能量瞬间变化的操控能力、实现技术，是什么原理？我们可以仿造出来吗？这需要量子力学、量子纠缠理论等。

物体之间的互相干涉，辐射能量密度随频率的分布规律，光抵达万物，光子、光量子的特性，能量量子化数值，基本电荷等科学认知，将帮助我们实现孙悟空的制造。20世纪20年代法国物理学家提出"物质波"概念，即一切物质粒子均具备波粒二象性，德国物理学家海森伯等建立了量子矩阵力学，奥地利物理学家薛定谔建立了量子波动力学。1928年，英国物理学家狄拉克完成了矩阵力学和波动力学之间的数学等价证明，对量子力学理论进行了系统总结，并将两大理论体系——相对论和量子力学成功结合起来，揭开了量子场论的序幕。量子理论为从微观层面理解宏观现象提供了理论基础。

我们真正要制造的是孙悟空的本领，而不是孙悟空。他的巨大能量的产生、转移、开工和收工都是那么容易转换，所有的血腥大事，在他那里都是小菜一碟。他一个人能搞定千军万马事。刀光剑影，瞬间爆炸，移天换海，统统不在话下。在物理学的光电效应中，如原子弹爆炸，有人提出了光量子概念，认为辐射场就是由光量子组成，每一个光量子的能量 E 与辐射的频率 ν 的关系是 $E = h\nu$，这些最小的物质单位，需要我们研究透它的运动形式和爆发状态。波粒二象，必有关联。孙悟空像光那样耀人眼，也像波那样曲折。他从石头里蹦出来时，就闪了玉皇大帝的眼，一道金光啊。光能，激光技术，激光发射器，能装备到孙悟空身上吗？瞬间爆发的能力如何获得？爆发时原子核发生变化吗？薛定谔把原子的离散能级告诉了世人，说明了氢原子、谐振子等的能级和光谱的规律，又发现矩阵力学和波动力学是完全等价的。量子力学是研究原子、分子以至原子核和基本粒子的结构和性质的基本理论。如果孙悟空的金箍棒变成一枚牙签，瞬间在敌人的嘴里膨大，其动能和势能只需要轻微变化，就能破了敌人的头。那什么样的材料是金箍棒合适的构成物质呢？新材料内部的分子结构变化如同一座工厂一样？在量子层面上，最小单位物质不是恒常不变的，它一直在跳跃或者纠缠，但又有信号并回到原初点，这些复杂的状态就是新材料技术。同时，金箍棒可以瞬间变成无数根金箍棒的，孙悟空也能瞬间三头六臂，各舞动一根，众小猴也能各舞动一根的。这个游戏好精彩啊，一就是无数，迷乱了敌人的眼。

一座猴山，满山的猴子，猴王，众猴，只有不死的那个才能成精，成怪，好热闹。无数个我，满地翻飞，滚动，你再也找不到我。去幽冥界修改生死簿，其实就是改命。敢打任何人、神、王、妖、怪，去龙宫，要兵器，找海龙王，拔定海神针，打冥王。一只猴，天性如此，生来如此。不死的猴子。穿越两重大海，来到陆地，找了师傅。其实他穿越了生死界，两次。多变的猴子。无性繁殖的猴子。不死的猴子。不死就专门打怪。打不死的孙悟空。打不完的妖和怪。他后来被如来的手掌镇压了。如来，洞悉前世来生的神、佛，要留着这个东西派用场。猴王在五行山被镇压了500年，等在唐僧取经的路上，等一个穿着御赐袈裟的和尚。一路上，七十二难，八十一难，西天路上，都是荒漠，妖和怪，荒无人烟，观音如来在天上，看着人间的一切。劫难是天赐的，是天设定的游戏场景，历得千劫，方得正果。孙悟空这时候已经不是当初的自己，变成了一个人的徒弟。这个人在中原寺庙行走，发现各家说法不一，要到西天取经，可是到了西天许多年取不到真经，不送人情，得的是无字经。天竺国经书太多，和尚太多，寺庙太多，神女太多，和尚可以乱法。送了人事，才送你经书。《西游记》讲崇高，却又时时取消崇高，这就是民间说书的作派。玄奘历时近20年回到长安，将西域和印度亲历见闻撰写成《大唐西域记》。这是唐朝的故事。唐朝没有孙悟空。元朝吴昌龄有《唐三藏西天取经》杂剧，元人开始演戏，世界各地都演戏，莎士比亚、古希腊悲剧，关汉卿都在排戏演戏，但西天取经里没有猴子角色。戏剧是面向贵族的。戏剧以后，世界各地开始了长篇小说的讲述，狄更斯、雨果、托尔斯泰，《西游记》《三国演义》《红楼梦》《水浒传》陆续横空出世，不认字的人可以听章回体故事，讲故事的人操盘，于是，集体创造出了孙悟空。讲述面向大众。孙悟空是从无中生有的。各种动物都有一个精怪在天兵天将里列阵，唯独没有猴子，因为猴子不正派，搞笑，不上台面，乱抓挠。它一向没有资格，但这次，被说书人赋予了神性。重要的是，中国民间说书人的想象力和今天的科技发展合辙了。

嫌弃弼马温官小回花果山，哪吒来打齐天大圣，他变成无数猴子，也变幻成三头六臂，与之对打。人是很容易被人在身后搞死的，变成三头六臂就不会了。在蟠桃园，王母娘娘派仙女摘蟠桃，他便小睡在树上，又把仙女定在那里，自己去了蟠桃会。他能变成别人，法力无边，有七十二般变化，高老庄收服猪八戒时，他就变成别人老婆，睡在别人家的床上。一个无父无母从石头里蹦出来的猴子，怎么学艺，怎么成精，怎么害人，怎么闹到天宫去了？孙悟空的本领到底有哪些？天宫是什么，上面都有些什么人、神？《西游记》中关于中国的历史、中国的宗教、中国的菩萨、印度的菩萨、鬼、怪、妖、魔，很多很多，书中描写的那个世界那么神魔、奇幻，我们普通人都是他们的道具、摆设或食物，那个世界可信吗？《西游记》写我们人身上有各种猴性、猪的习性，各种毛病，我们是神，也是怪、魔，我们如何一辈子取得真经，修成正果？《西游记》说这世界上有各种妖魔鬼怪，永远杀不完。不要相信所有的大人都是叔叔阿姨，没有火眼金睛，你就是一个盲人。他们也许是妖魔。孙悟空最大的本领是火眼金睛，识人。

量子给世界一种全新的哲学眼光，那就是变的眼光。过去的一切秩序都是错乱的，整齐是表面的。过去的一切认知都有可能是错误的。《西游记》是探讨宇宙之博大和个体之精微的。观音座前莲花池内金鱼修炼成精，在通天河岁食童男童女，悟空和八戒变作童子打退妖怪。妖怪作法，使通天河封冻诱唐僧上冰上行走，摄入水府。观音菩萨赶来，念咒语杀死所有鱼精，把金鱼收回南海。看，金鱼也会作怪。太上老君坐骑青牛趁看守童打瞌睡，偷了老君的金刚镯下界作怪，在金兜洞把唐僧捉去。悟空金箍棒被收，打不过他，请来火德真君、李天王、水伯、十八罗汉等皆无人匹敌，都被妖怪用金刚镯把兵器收去。如来暗示孙悟空去找太上老君，孙悟空找到太上老君，方用芭蕉扇把青牛降伏。这就是老子倒骑的青牛。此一时彼一时也，就是量子的眼光。变化是世界的根本。变幻是一切无常。《西游记》在讲量子理论和世界的本质？量子力学接近世界本质、万物起源，一切都是在虚无中造出来的，庄子想到了，也说出来了，只是没有科学手段。量子力学有实验，能用科学的方法来证明。人类只是空间自动生成的基本粒子组成的生物体，人类社会是滑稽闹剧，都会消失，成过眼烟云。量子的多世界理论、三生三世、前世今生来生，是一切宗教的基本架构。

我们用量子物理来看孙悟空的超光速迁移，如果孙悟空的移动速度超过了光速，那么时间流逝就变为负值，时光倒流或时空穿越就能够实现。前世来生，时光倒流，时光穿梭，500年前，500年后，此生是一只猴，来世是一个徒弟，前世天上神，此生白龙马，都是小说里讲述的。微观量子世界和我们熟悉的宏观物理世界，有着完全不同的运行规律。一个时空，一个规矩。小规模的事件也会产生巨大的后果，量子物理学探索的是非常小物体的奇怪行为。一只东海的毛猴，竟然能大闹天宫。

两个粒子尽管被隔开一定距离，仍保持物理联系。粒子状态的分合原理，就是我们打造金箍棒利器的思路。量子叠加，是量子纠缠的反义词，量子纠缠是分身术，量子叠加可以使单个物体同时处于两个（或多个）位置，这是物质作为粒子和波同时存在的结果，多形态显现。这就是活生生的孙悟空啊。在量子维度上，真空并不是真正的空，充满了微小的、随机的波动，这些波动会突然出现或消失。热量可以通过一个波动跃迁到显然是空的空间中的另一个波动，从而穿越真空。这就是孙悟空的行动轨迹。他是光，他是热，他是世界的希望。世界是不确定的，因果也可以反转，有一台量子计算机看到了 16 种未来。量子纠缠看到了两个或多个量子系统之间存在非定域、非经典的强关联。两个相反方向、同样速率等速运动的电子，一颗行至太阳边，一颗行至冥王星，如此遥远的距离，它们仍保有特别的关联，亦即其中一颗被操作，另一颗也会即刻发生相应的状态变化。这种离散又联系的状态是非常迷人的，因为它可能正在揭示世界的本质。孙悟空是这样控制自己的金箍棒吗？爱因斯坦说这是鬼魅似的远距作用（spookyaction-at-a-distance）。

2015 年中国发射了名为悟空的卫星，到太空寻找暗物质并有重大发现。用火眼金睛的悟空寻找难以察觉的暗物质。不死的悟空，多变的悟空，分身又合体的悟空，力大无比的悟空，火眼金睛的悟空，量子态的悟空，微观上，我们是不是可以用几亿万颗不同寻常的粒子，来制造出孙悟空和金箍棒，我们能在那么小的纳米上作业吗？

一个智慧生命，不能永远生活在过去记忆里，他必须面对变幻无穷的陌生世界，这样，他才是活物。所以，永生就是战斗，求爱就是打怪，可惜《西游记》中孙悟空不谙人情，不懂爱情，不好色，猪八戒弥补了他的缺陷。

也许我们可以造出十万八千个孙悟空，家常版的孙悟空，打怪的孙悟空，搞笑的孙悟空，娱乐吸粉的孙悟空，等等。让孙悟空这个东方符号焕发新生，走向宇宙。

剥蚕豆想起稻花香

地板上，蚕豆荚、蚕豆、豆瓣已经分成三部分。春天经过菜市场进入我们家，乡野的气息从大脑深处吹来。

以前常去江边，江边上的蒌蒿特别嫩，它长在芦苇里。一上午就打了两篮子。用两块臭干子拌起来，真是比山珍海味都好吃！

在江边挑野菜，最怕的不是蛇，是大鸟，也不晓得叫什么名字的鸟，噗地一下，就从身边飞出，有时有几百只几千只。它们一飞，江边所有的鸟雀都惊起来，飞走了。

农村其实很美的，水里面有咕咚哥，树上有喜鹊，春天有碎米菜、小鸡草。那些新孵化出来的小鸡小鸭，身上毛茸茸的，像只小球，要把那嫩的小鸡草切碎了给它们吃，它们才会长得好。

稻子是怎么长出来的，这其实是很唯美的一个过程。谷雨，先是泡稻种，把稻种放在水桶里泡，等到稻种上面发出了芽子，就要把稻种抬到水田旁去播撒。那是秧田，上面做得很平整，像床一样，水刚好淹没了土，也不深。这时，就把稻种均匀地撒上去，用手播。只过几天，那秧田里就是一片嫩绿了，先是鹅黄，后来就是淡绿，再后来就全部长起来。

等秧长好了，就下田去拔秧。那时天还有点冷，把裤脚卷得老高，赤脚踩在泥巴眼里，赤脚踩在泥里很舒服，泥巴沾在我们的腿肚子上，有些蚂蟥也吸在我们腿上，一拉，就是血往下流。把那些小嫩秧拔了，用一根草，扎成一把一把的，扔到田埂上。然后，挑秧把到自家的水田里去。

水田早已经犁好了。犁田就是用牛去犁，犁铧就是一把刀，插在土里，牛在前面背。犁好地后，放水进去，又用牛来耙地，把地耙平整。然后，才下田去插秧。插秧要插得很整齐。水田里有泥鳅、黄鳝，还有小鱼、虾子，还有蹦来蹦去的东西，是青蛙。土蛤蟆从岸上跳到水里。

秧把子已经甩在田中间。插秧要退着插，一个人能插 8 路。中午饭在田埂上吃，家家田里都有人在插秧。秧插下去以后，就等到收割了。

五六月份，田里的秧长起来。夏天，它们就蓬蓬勃勃一片绿。然后，就开始扬花。稻子也会开花的，开很小很小的花，周围大地上全是稻子，人在田埂上走，能闻到稻花香。风给它们传粉，谷子就孕育了。下雨后，要夹一把锹来捞水……割稻的时候，田里都是大蚂蟥。蚂蟥爬到你腿上来，你一点感觉也没有，回头一看，它已吸了一肚子血，这边一巴掌拍下来，那边又一条爬上你的腿肚子……稻割好以后，就开始打稻，晒稻，然后就是脱米，然后就是吃新米。啊！新米煮的稀饭，能把我们的肚子吃得像河豚！也没有菜，就是家里腌的萝卜，还有小腊菜，就特别下饭。最喜欢吃腌萝卜菜，那上面还带着小萝卜。

稻子打好以后，田里剩下的就都是稻草。稻草人站在田里，等稻草晒干了，就可以堆成草堆。新麦子收割后，到人家家里借来磨子，自己家磨。然后，做一锅疙瘩汤，一家人个个吃得坐在那里不能动弹。

粮食的香味，是这个世界上最纯正的味道。

警察伦理学和传播学概论

　　星期六，很早醒来，外面有鸟在啾啾叫，打开电视，看了一会中央五台的太极扇子舞。然后，吃蛋炒饭。蛋炒饭里放了青豆和玉米，色相很好看。

　　接着就到了杭州市某中学，领卷，监考。是全国高等教育自学考试时间，我所在的考场在该校的第一教学楼，那是一个复试考场，即一个教室有两门课程同时开考，考生是两批人。

　　考的科目是警察伦理学和传播学概论。

　　我们安排两批考生按不同顺序坐好。然后，我们监考人员3人，讲台1人、前门1人、后门1人地分布坐下。考生来自各地，南到瑞安，北到平湖，随身携带的物品按要求要放在外面。

　　考警察伦理学的多是在职警察，但没一人穿警服。都是年轻人，没有老的。

　　靠里边窗口一个女的总是嘴里咕咕叨叨的，她读题时一定要发出声来，可能是她的习惯，她的小学老师没有矫正好她。我们只好去警告她。后来，她第一个交卷了。看了一下她的卷，很多题没做。其中有一道题问警察的诸种道德情感中最重要的情感是什么。她的回答是两个字：爱情。

　　传播学概论卷面上的考题都比较新，比较西化。第一道题目劈头就问最早提出什么理论的是卢卡奇还是马尔库塞还是哈贝马斯。又有一道题问美国政府在 60 年代为了缓解贫富儿童受教育机会不均等而制作的著名儿童启蒙教育电视片是《米老鼠和唐老鸭》还是《猫和老鼠》，还是《芝麻街》《汤姆历险记》。

看来，警察要解决好的是古老的伦理道德问题，而电视工作者要搞好的是西化问题。

下午考的是"法律基础与思想道德修养"，又改为单式考场了。那时来了一个浓妆淡抹花枝招展的女的，她入座后就翘首以盼，就开始观察一个一个入场的男女考生。她的头随着人转。

等铃声响后、考生开始答题时，她就很失望地没有什么目标可以观看了，她就开始看我们监考教师。等她把我们看厌了以后，又开始看一个一个的考生交卷。

我不知道她的法律基础和思想道德修养到底怎样，不过她真的没有作弊。

再高也不会比姚明高
再快也不会比苏炳添快

话题从中餐开始。

我问一位女生，中午你是否一个人在家吃饭。她说不，她说她妈妈会从食堂给她买饭回来。我问为什么不到妈妈的食堂去吃。她面露难色，说：……我要是到那里去了的话，所有的人都要问我，而我要回答所有人的话，很累。那些人一定会说到学习上去，肯定又会说某某人的儿子或女儿在某某学校学得很好。而这些话，我听起来是很烦的，所以我不愿意去。

我很能理解她的苦楚，可是我又知道，在今天这样一个社会背景下，要想让她听不到这些话，真的又非常难。

如今生活富裕了，大家吃住不愁，大人们似乎已经没有什么好比的，最后就比谁家子女更厉害。家长同志们一说到这个，都有好勇斗狠之心。而从他们口里出来的榜样，一个个都是很厉害很厉害的，除非你能做一个王中王，否则，你若是想做一个"比较好"的学生，就非常痛苦，没法活。

这比试的结果是伤害性的：许多家长在单位没有脸面见人，许多孩子永远有失败感。孩子最值得同情，原本是平凡而又可爱的人，可现在对他们来说，活着简直就是受罪。

一个社会永远只选择一部分人成功，一所学校永远只有一部分人拔尖，我们的社会和教育，应该研究如何让大多数人活得有品位有成就感。可怜现在的学生，每个人都要拔尖，大人和社会给的箴言是永远做第一。这样，他们遇到大人只能拔腿就逃。如果胆敢不逃，那就注定失败或死定，因为你头上终究有人盖着，你再高也不会比姚明高，再快也不会比苏炳添快。

一个月前，我认识了一个男孩，他是一个精豆子，他妈妈带他一道到我这里来讨教。他在我面前表现得很礼貌，在他妈妈面前则表现得很真实。

当他妈妈说某某人在某某学校又考了第一时，他立即予以还击。他讥诮地说：哎，那个学校那个年级怎么有那么多的第一啊？上次你说的那个人也是第一，他们到底有几个第一啊？

家长朋友们，你们的孩子最烦听到的就是你家的某某亲戚在某某学校里很好，或你单位的某某家的孩子在学校如何出类拔萃。你说得越多，你家孩子的心理就越会出现问题。还有，你更不要旁敲侧击地说这个话题，现在的孩子智商都很高，他或她一旦暴怒，就不跟你玩了！

如今很多学校都很想做点事情，国家也在推行新课程改革，但有时候，家长真的是在和旧的一套观念合谋来耽误我们的孩子。你们难道不愿意看到自己的孩子是一个健全的人，而只想要一个高分学生？

孩子其实并不仅仅是父母的，也是我们社会共有的财富。他们的面貌怎么样，我们未来的社会面貌就怎么样。

绝望时给谁打电话

今年5月份，有一个老朋友从另一座城市跑来。多年不见，相见已是眼生，执手相看后，移到一小饭店对坐，有许多感慨。说话间，儿女都大了。餐叙时他说起他的儿子，说他儿子很弄怪，人也长得漂亮，他说，人长得漂亮就是不好办。

说起他儿子，他摇头。

我说：你当年也是一个英俊男子。他笑着摇头喷嘴说：我那儿子不像我，他死不读书，人又不是不聪明，可就是不愿意读书。他的身边有几个女孩子在绕，这样，他就没心思读书了。我一说他，就和我对立，我现在是已经不能和他在一起说话了。

我说：有这么严重？他说，有，一点也不夸张。

接下来又说了许多关于他儿子的事，包括出走、找到后还不跟他回来，等等。朋友越说越激动，越说越气愤，像是要食肉寝皮的样子。

我劝他说，养儿子就是养对头，养儿子就是养一个人来收拾自己。他说，还是你养女儿好。我说，我对我女儿要求很低，我对我女儿说过，你以后可以想着做大事，但要是做不了大事，就做一个平凡的有人味的人，一家人亲热友好地在一起活着，就是不错的人生理想。他问，你女儿成绩肯定不错。我说，是的，她成绩不错，但要想让一个人跳起来、成为一个心态不好的少年，其实很容易。

朋友问我：你这么老到，那你说说，我儿子怎么办？

我说，外国电影里常有这样一个镜头，当一个人生活遇到挫折、灰心丧气乃至绝望时，这人会给对自己来说最值得信任的人打电话。我看到这里总是会感动，因为我们中国孩子，完全处在一种没有精神牧师、没有生命导师的自我成长的状态里，他们在学校就是读书，他们的老师并不能算是他成长的朋友，家长又是……他的对头。而人的成长，是一件很重要的事，需要导师，需要引导，如果家长不能很好地做他的人生导师，那就想法给他找一个他感情上认同的人。像你们家，既然你们已经不能在一起交流了，那你就一定给他找一个他信任的人，给他找一个精神干爹或干妈。

朋友问，那什么样的人选好呢？我说，这个可选的范围很大，他信任的人、长者、他失败时最想倾诉的人、能做他人生榜样的人、在关键时候给他提出建议的人，都行，反正你不行，你已经不能承担这些功能！……找一个吧，认真地找一个，孩子其实很孤独，他和你对抗，他心里也很难受。你想想，如果一个人活在这世界上跟谁都不想说话，那他还有多少快乐？你再想想，一个人如果心里有许多坏念头，跟谁也不说，这人怎么成长？到最后，在他感到绝望时，他会给谁打电话？

朋友临走时说：也许你说得对，不过我想不通，我养了他，干嘛又要和他那样对立。我说，你既然这么想，那你自己也能当你儿子的导师了。

恋爱课和忏悔课

时间不详。地点不详。一天，一教师带着一帮学生，每人牵一头牛或骑一头牛，上了路，到了一个清新的荒郊野外。大家一路高歌，唱的是一首欢快的曲子。女生哦哦叫，牛都抬了头。年轻是愉快的，愉快就在于自己做了一桩事以后，还不知道自己干了什么。这些牛，原本水牛是用来宰杀取皮的，奶牛是用来挤奶的，大家解放了这些可怜的动物，和它们交上了朋友，也解放了自己。现在，书包挂在牛角上，山岚绕在牛角上，快乐弹射到天空里。所有学生都变得可爱起来，每个人平日里的古怪性格都伸展开了。晚上，临时宿舍里，全班同学私家被单开始大暴露，一女生到男生寝处，看到某男生的被单，大笑说："啊！你家的被单和我家的被单一样啊？我赶快打电话回家，要我妈妈换掉我家的床单！"老师的到来受到了前所未有的欢迎，老师当晚在月光下激动地在笔记上写道："原来我们并不是猫鼠同笼！"

第二天，老师开始给学生开课，首先上的是恋爱课。老师站在一条溪流边，学生坐在土疙瘩上，或爬在树上，仰着可爱的阳光灿烂的脸，专注地听。"……恋爱是生活的基本技能之一，我把我自己青春期对女性的朦胧感觉……以及我自己的恋爱经历全说出来，好不好？"同学们一个个听得神魂颠倒，面红耳赤，事后都感叹："老师，原来你也和我们一样啊！"

下午，老师上的是德育课，他在一片树林里讲出了自己一生干过的大大小小的坏事。他说小时候他常在傍晚教室要锁门时去看人家的抽屉，看有没有东西丢下，发现了，就大喜过望据为己有。在读大二时，当时新华书店刚开始开架售书，他们都去看书。星期天人很多，书店工作人员盯不过来，而老师对一本人道主义讨论集爱不释手，那书很厚，价格又贵，其时，和他一道来的同学已出柜台，在拐角处喊他一道回校去。他太想得到那本书了，顺手把书塞给同学，然后，手里拿着另两本选中的书，从容地去付款。整个偷盗过程像是一件酝酿已久的杰作。付完钱以后，老师若无其事地到门口会合同学，那同学害怕极了，因为预先没商量，完全是老师的贼性发作即兴发挥，他忙把书交给老师，手上还满是汗。老师说他非常庆幸没有被逮住。老师说，毋庸讳言，那是一桩真正的偷盗，事隔16年还记得清清楚楚，人们做过的坏事远比好事记得深刻。现在，把这事说出来，就是想表示点什么，表示点忏悔和抱歉的心情，偷窃是可鄙的。那一次偷窃成功了，在今天，却感到失败。如果不说出来，就更可鄙。按照正义的原则，应该被当场抓住，当众出丑，尽管这是不敢想象的，却是应该的。老师说：我们应该率直得像幼小孩子一样，面对发生的一切，承认一切。宁愿受罚也要真诚，而不是隐恶，这才是美德。

最后，老师说：我想发一个倡议书，让大家都来说一桩自己做过的一件见不得人的事，或者是一次肮脏的勾当、一件对不起别人的事、一次野蛮不讲理、一次大打出手、一次不恭敬、一次大放厥词，说得好的有奖，都撕了我们的假面。让每个人的心理角落都承受阳光的照射。谁也不能让我们的过去不犯错误，这就是今天我们忏悔的理由。

没有一个同学听课时出声，也没有一个同学指责老师卑鄙。

智能机器人

一个普通人面对一句"你好"，一般只需做出一种语言反应就行了。而智能化机器人，他的语言数据库里至少要储存100条，才能做出临场的智能化的应变反应。下面是备选的："同好同好""托你的福""今天还不错""马马虎虎""但愿明天能好""我糟糕透了""不好""好什么好""你他妈少啰嗦，我正郁闷"。

人云亦云是早期低智商机器人的特征。在这里，个性化、多样化是高智能化的开发。

当然，智能机器人不是专门用来和人家打招呼的。真正的情况远比这问候语设计要复杂得多。现在，我们假定一个智能化女孩机器人在家里被迫吃她妈妈买回来的海带。她很有意见，她就要提意见了。可是，提意见的方式有许多种。

语言逻辑功能设计师的任务就是设计出不同的、尽可能多的提意见的方式，来提高机器人的智商。

第一种，她温和地对妈妈说："老妈，在这件事上，我要和你谈谈。"然后，她和老妈两个坐下，开始谈心。妈妈说："不行，你必须吃海带。"女儿轻快地说："好的，但可以吃得不至于让我恶心吗?"妈妈笑着点头同意了。

第二种，女孩黑着脸去妇联告状，在妇联门口大叫，说她妈妈得了强迫症，是疯婆，是三八。

第三种，女孩鬼鬼祟祟地劝她爸爸重新"革命"——休妻，给她再娶一个新的、不强迫她吃海带的妈妈回来，她要从这里来解决那里的问题。她的智商很高。

第四种，女孩从没把自己的意见表面化，只是在心里恨妈妈，在其他场合则予以尖刻讽刺。她对别人说："我老妈总是一麻袋一麻袋地买回海带和菠菜要我吃，说我吃了后能成为东方不败。"

第五种，在一次家庭日常餐桌上，以海带为中心的矛盾又一次激化。女孩一身不吭，走到了自己的房间，一个礼拜不说话，一个月阴着脸，每天回家就关门，见着谁都是仇人，谁叫也不开门。

智能机器人不光在问候、对话中表现出智能化，新一代的智能机器人还在记忆存储上表现出非凡的智能化。它会拍照、识别、存储信号并辨认人，它可以描述别人对自己、自己对别人的态度，会分析别人。描述是十分综合的智能化。下面是智能化机器人对同一个活人的两种描述，情况截然不同。

描述一：某某特别有公益心，能主动承担很多事情，为集体着想。做起事来你还没吩咐，她就准备好了。她很热心。我们的集体特别需要这样的人。大家应该学习她这种精神，共同为集体出一把力。

描述二：某某特别喜欢出风头，把什么风光的事都揽去做，喜欢抓事情，喜欢逞能。而她干事粗糙，是可信度不高的人，能把所有事情做砸。

青春就是没事找事

少年轻狂是理所当然的事，少年不狂难道要等老来狂？这里面有一个教育上的事和理，教师要宽容少年的行为举止，要允许他们开心和疯狂，人生的幸福没有多少，儿童时候的无知和少年时候的率真，是人生最写意的。青春期是独特的人生时期，这个时期，人的一切都被一种内在而强烈的生命冲动左右。

我说一个女孩，她叫方圆。方圆毕业走了，许多像她一样的学生走了。3年就是一个轮回，这个轮回是对我们老师而言的，不是对他们。所以我们教师的人生以3年为一岁。他们则不管走到哪里，都会有新的更精彩的生活等着他们，他们不愁没有快乐，他们每一天每一年都是快乐的，他们一天的精彩、快乐就抵得上我们一年的。记得还在她小学六年级时，我去为中国平安保险组织的一个全国性的征文活动做讲座，就是在那里，她和她妈妈和我聊上了。方圆很大方地来参赛、听报告，还要我签名，把我当个人物。她说很想上我所在的教育集团，她说她认识我们学校里的胡老师，又说她家就在我们学校附近，浙江电影制片厂那里等。

后来，她来了，顺利上了这所学校，首先就来和我打招呼，我也就正式认识了她。人与人之间，由陌生到不陌生，完全是一个相处的过程。她个头高，思维活跃，喜欢新奇事物，是一个时尚女孩，大胆，敢主动跟人交往。后来的日子里，她经常来我这，跟我说许多青春小说的事，其实我一直没有带过她所在的班，但我将永远记住她，一个个头很高的爱时尚的初中女生。这就是人世的奥秘，这就是交往的秘密。交往，能把陌生变得熟悉。人世的情感从何而来？从交往而来。她的个头本来就高，后来越来越高了，人也比别的孩子成熟一些。有一次，她带着几个小女生，风风火火地冲到我的办公室来，很明显她是领头的。她们吵着一定要看我班上一个男生的随笔本。她们说这个男生很帅。我没有让她们得逞，但我也没有驳她们的面子。我知道，一帮女生被一个大胆的人带着，就会这么疯疯癫癫的。有一个胆大的，就有一批胆大的。不过，我开始观察她们说的我班上的男生某某。他们一个在七年级，一个在九年级，我也不晓得她们是怎么认识的，是不是真的认识。

后来有一次，方圆他们班值周，方圆是站在门口喊老师好的。我又看到了这一幕故事的连续剧：当我班的这个帅男生从学校门口经过时，她们都瞪大眼睛张着嘴看。世界立即苍白，没有任何东西存在，只有那一个帅男生在走。那男生什么也不在乎，书包带子特别长，那包包拖在屁股下。他身材特别长，腿特别长，人长得就像某一本漫画书中的男主角一样。

我不晓得方圆她们是故意做那样的表情，还是真的那样。我后来和方圆说过一次这事，也和我班上的这个帅小子谈过一次话，说别的年级女生怎么说你，我班的帅小子什么也没说，他是一个乖巧的人，不惹事，也不张扬，平时就是一个安分的人。但人长得帅，是没办法的事。又疯又傻的是方圆她们，她们一定是被某一本小说书上的情节感染了，在现实生活里，找心性幻想的寄托物。

转眼她就初二初三了，我遇到她，总是问她成绩怎样。在学校里，这句话是最有杀伤力的。我用这话来打击她，让她收敛性情，归心于学习。她也渐渐成熟了，不再疯疯癫癫了。有时，我看她站在他们班去午餐的队伍里，她一个人高高地挺立着，她会朝我笑一下，但已经不是过去那么单纯的笑了。初三时，她有时还到我办公室来，我会更仔细地过问她的学习、前途，她也能从众，和所有的同学一起思考，一起追求了，她被主流同化了，她已经不再是最初的自己了。毕业，拍照，考试之后，她走了。

新的学期又开始，新的一帮孩子又来了。她到了别的学校继续学习，我们的交往暂时画上了一个句号，但我思考的东西却越来越多。生活需要丰富多彩，人生需要七情六欲，我们的世界不需要许多僵尸、木乃伊。枯燥、宁静的思考，还是归于我们这些过时的老者比较好。

一只喜剧骷髅

那次我带一帮小演员排练一个名叫《孙悟空大战流氓兔》的戏，由于舞台场景被假设在一个教室里，我们使用了一具骷髅来做道具。那可以被理解为是上生理课时用的，是我到实验室借来的，一具白骨骷髅，风骨犹存，两袖清风，站在演出现场的讲台桌子上。

少年们对那具骷髅大感兴趣，纷纷涌过来捉弄它。那可怜的手臂被借来挥舞，被用来抓挠，还被用来偷袭女性。一具无声的骷髅，给我们平添了许多欢乐。终于，一帮没轻没重的演员，把骷髅的一只胳膊弄脱钩了。骂他们不会有用，我只好为那家伙的骨头脱节而哭泣。

为了防止丢失或弄折，傍晚我筋疲力尽地开始收摊子时，把那只脱钩的胳膊插在了那具骷髅的后背上。我看了，想笑。它那样子，就像一个老头插着一把老头乐或一把蒲扇在身后，不同的是，老头一般把东西插在裤头松紧带上。那骷髅确实幽默。

第二天排练开始，大家到达现场，一看，都一哄笑了，然后纷纷和可爱的喜剧骷髅打起招呼来。大家对它的称呼各异，有叫老表的，有叫皇上老爷子的，有叫哥们的，不一而足。我故意考他们："哎！这人的胳膊怎么到了后背上？"众人开始乱猜。"是魔鬼来了，一阵浓雾过后，啾！它的胳膊就到了它的后背上。""我猜是一个小偷想把它带走，为了防止缺少零部件，顺手把它的手臂插到了他的胸腔里。""是基因重组的结果，以后，它们家世世代代都将这样了……"我开始收场，说："都不对。这家伙用了他一生之力，做了他一生中最大的一件事，就是把一只胳膊插在了自己的后背上。然后，他英勇无畏地死了。为了这，他忙活了一生……呵呵呵呵！"

当天排练最后一幕，一胖演员被要求在台上滚动并发出尖叫，可他总是找不到感觉。我指导他说："小时候，你被板凳缝夹过屁股没有？……当你的胳膊被人插到后背上时，你……该做出什么样痛苦的表情，该怎么撕肝裂肺地尖叫？"

正在他开口要尖叫时，一个美丽可爱的女生来到了排练厅，她要找那个没被板凳夹过屁股的胖子。她的出现，吸引了大家的注意力。一个不怯场的女生，不停地放电干扰我们，大家的下巴全都脱臼，是魔鬼派她来捣乱的。没办法，我只好把骷髅抱过去，对她说："小妹妹，请你为我们保管这具骷髅。"她先是一愣，后来就很高兴地坐下，将骷髅立在自己的两膝上。但是，大家更多地注意到她那边去了，她在教那骷髅跳啪啦啪啦舞。我正式下逐客令赶她，众人大笑，她也开始整理自己的肩包，和我拜拜，走了。

排练结束后，我们都发现，女孩拿走了骷髅的一条腿。幸运的是，出门时，在过道里我们发现了那条腿站在一只属于我的鞋子里！

生命里有一段时间，我们对一切都发笑。那是个美好的阶段，我们都还记得。我们把蚕豆皮套在指头上，自己看了就笑，伙伴看见了也笑。看到一个孩子把蚱蜢撕开，都围过去大笑。看到书上的数量词"一片"后，又看到"一爿"时，我们会笑个半天。谁放个屁那就更不得了，立即有人从新华字典上查出来：屁乃是从肛门里排出的臭气也。那是个喜剧年龄段，世界上到处都是喜剧。看到老太婆坐在路边哭，或者看到大人发火的脸部表情，我们都要笑。我们并不想了解那些哭或发火后的内容，我们到天黑就呼呼大睡，我们不去思考。

那是一个把什么都当作戏剧的年代。当年龄渐渐大起来时，我们不会笑了，一定要借助道具或者进入戏剧状态才能发笑，真是可悲。而且我们知道，再过一段，我们会永远不笑的，因为我们已经到了把所有的戏剧都当戏剧的年代。

所以，我们应该允许少年发笑。

空想广场

针对正在高速弱智化的现实，我们要用空想来发展人的智慧，用空想来干预现实，用空想来创造一个新的明天。我们做了一个节目，这档节目名称叫"空想广场"或"空想家"。

所有的思想家干活时都不带铲子，所有的智慧都不生成于工具。人类用空想在这个世界上飞行，赤手空拳地在这个世界上起舞，但创造了世界。——这是主题语。

节目的形式是现场吹牛和现场抬杠比赛，以及即兴畅想等。我们的民族是很喜欢吹牛的，因为我们曾经很穷。我们的民族喜欢抬杠，因为我们曾经非常狭隘。我们的民族喜欢畅想，因为我们到今天还没有翅膀。没有关系，这正是我们的长处。吹牛、抬杠、畅想能发展我们的智慧。

一个主持人，若干个耽于幻想的嘉宾，在一起共进语言和想象的大餐。大家穿着休闲服，有一句没一句地聊。就在受众要换频道或要上厕所呕吐之际，忽然他们漫谈出了一个十分具有想象力的话题，吸引了人们。——空中出现一道无比绚丽的彩虹，神灵一样的思想穿着朴素的外衣出现了！他们自由走动，随便地站起身来，去倒一杯水，也打哈欠。

节目现场旁边的道具有：饮水器及纸杯，斜放着的高尔夫球杆，以及每天即兴布置的能营造轻松氛围的日常生活用品。

节目在黄金时段播出，每周有两次是听众来电空想（名叫"空想热线"）。

主持人是一个浪漫的务实主义者，他不遗余力地搜罗天下最新的奇思怪想和金点子。他在民间寻找智慧，整天整年以找到一枚或几枚充满智慧的大脑为幸福，他将他们直接捉到直播间来纸上谈兵，与受众共进幻想大餐。有时他们也就某一个玄学或科学问题，邀请风趣的专家来现场即兴畅想，咳唾珠玑。主持人博学多才，深懂当今物理世界和现代社会的机巧和奥妙，很会鼓动别人产生奇思妙想。他身上有巫师的特质，他晓得他在做什么。他在培养现代人的智慧，他知道现代人正在空心化，他懂得智慧是啥玩意，他懂得知识并不是智慧，许多知识并不是许多智慧。他知道今天的媒体主要在干着文化传播、信息传播和娱乐搞笑的事，并不在培养和塑造民族智慧。他知道那些现代都市人是灵长类情感动物，宁愿要情感也不要智慧，芸芸众生整天为情为爱去要死要活，下了班就直奔情场（舞厅、吧、馆、院、场），而另一方面，巨大的民间智慧在闲置，处于没人管理的尴尬境地。

现在，他来了，"空想广场"来了，他要来收拾这一切。不过，他也觉得悲哀，那些年轻人，那些被选择题训练出来的思维，都是ABCD4片的。在他们的头脑里，世界能被2和4除尽。他们干任何事情，都要别人预先提供4个答案，否则就一头雾水。如果节假日你带他们一道去出行游玩，还没决定好去向，那他们中一个立即会拿出纸笔，在4张纸上写下4个去向，然后团成团，大家来抓阄决定。大家毫无争议地去了灵隐。到了灵隐休息时，主持人猛然醒悟：为什么只写4处？难道我们这个世界只有4个去处？

懊恼！这世界是多选的，不过人们正在简单化傻瓜化和白痴化。做选择题时，人人有一种赌博的快感，白痴也有 25% 的答对把握。第一次错了以后，"啊——噢"一声，下次再来，就有了 33% 的把握。

101 只袜子

　　天气很冷。有一个人家的冰箱里面，有 101 只袜子，和 21 条短裤。请问，这是怎么一回事？

　　正确答案应该是：这个人家的主人很马虎，错把冰箱当洗衣机了。天气很冷，这是已知条件，大家都不洗澡。家里共有 3 个人，在 7 天时间里，都犯了同样的错误，换了 7 条短裤，都塞在冰箱冷藏箱里了。至于 101 只袜子，那是因为 7 天里 3 人共换了 42 只袜子，外加上去年的某一天，主人把 59 只忘记在了冰箱里了（注意他们家的冰箱就是洗衣机哟），还有一只落单的袜子遗忘在某一只久远的裤筒里。

　　如果你是知道答案（底牌）的人，你就会发现这个问题必然会是"这样"的。后面是因，前面是果。正过来看倒过来看都是如此。你踌躇满志，不容别人说不。

　　但是，当你不知道这个答案时，情况就变得有趣多了，也丰富多了、多义多解多了。这时，关于前面的结果，多种原因都可以导致。最便捷的一种就是：促销厂家卖冰箱时，作为礼品配送了这么多数量的短裤和短袜，而天气很冷，原来是一个虚假条件，与事情的真相丝毫没有关系。

　　我们现在要讨论的真正问题是：一个人提出前面的问题是有意

义的吗？他是让人们的心智朝着多义的方向去，还是朝着单一的方向去，选择哪一种发问更有价值？

如果答案是单一的，人们肯定会为自己思维刚刚经历的一阵热烘烘的努力而失望、沮丧，甚至进而会骂发问者的可耻。如果没有答案，或者大家可以"制造"答案，那么这个世界定会更有意义、充满张力，每个人都会活得更抖擞，就像冬天穿着一件单褂子一样。

未来并不存在，它只存在在创造的后面。关于世界形成的理论是单一的吗？关于今天这么一个社会形态的形成是必然的吗？我们这个纷乱的世界是遵守着因果律而出现和发展的吗？鬼才相信书上的那一套！没有必要把人变蠢，重要的是把人变聪明。

如果让8个孩子进行城市"野外"生存，这有意义吗？只给他们3元钱，让他们在自己熟悉的城市里或者在一个陌生的城市里独立地生存下去，过完3天。这时，他们作为一个人，就要切实地考虑自己平时根本就不考虑的问题了：人如何才能学会活着。他要为自己设计多种搏钱和物的路径，以便能够谋生。并且他也会考虑在这个过程中自己行为的道德因素，是不是采用了让自己都瞧不起的手段，他还要考虑怎么去花钱消费，怎么量入为出，具有一个微观经济学家的思想。活着需要技巧，需要本领。学习并不是活着，它只是为活着做知识准备而已，为别人的学习更不是有价值和有意义的学习，所有的人都必须想着在这个世界上生存。只会学习而不会活着的人，注定是新的一代打工者——高级打工者。假定有5个孩子参加了这样的城市"野外"生存活动，那么，就一定看得出他们的不一致，即生存水平。有些人赚了很多，有些人身无分文；有些人靠智慧吃饭，有些靠体力，有些人靠社会关系和协作，有些人靠乞讨和别人的可怜来活着，有些人靠违反规则偷偷到了他的一个同学家里，吃了一顿睡了一觉。在这里，人和人之间的差距出现了，人的生存本领体现出来了，人的生命质量也出来了。而在这个过程中间，我们从头到尾，都看不到哪一处有任何一个标准答案。这个世界是多选的，生存本领的比较，就是优选能力的比较。

真正的渺小是没有梦想

有一次在上海的南北高架上，我同学开着车，我看着城市的高楼，对边上的另一位同学说："这一生，我只要拥有这里的一幢高楼就行了。"那一年，我34岁。边上的人善意地嘲笑我。另一次，我到了另一座城市，在一个好朋友的高层居室里，一进门，就觉得他的家特别好，我就认真地对边上的人说："我怎么才能把这个家据为己有呢？"大家一怔，随即和我在一起开玩笑，为我策划了5种占领别人豪宅的办法。一是把朋友毒死娶他的妻，一是窃取他家的房证然后通过官司把他们赶走，一是做朋友的儿子或做他的爷爷，再还有一个就是吹一个肥皂泡让朋友用房产做抵押把它买回去，等等。我一个也没有执行。大家大笑。

一个人如果连想都不敢想，他肯定不能达到任何目标。一个真正渺小、可怜的人是没有任何梦想的人。我在北京做生意的两个朋友，1993年动身去，其中一个从同事那里借了5000块钱，他们两个都自嘲说赚了两三万块钱就回家来。那一年我到武汉大学去再读书，很多朋友为我送行，没有人把他们两个当回事，所以没有人为他们送行。在我们不知道的一个时间里，他们动身走了。现在，他们两个再也不回来了，终年以数钱为苦，每年每人至少赚100万，而且开始富得都得富贵病了。现在他们的理想是在3年内达到1000万，在 2008 年以后达到 5000 万，并且请我们的眼睛作证。

我们家族从来没有做过生意，因而，我的女儿也从不想着赚很多的钱，她总想着怎么做一个良民。这一种风平浪静，太危险了，我感觉。她的脑子里为什么没有风暴？我花了无数时间启发她的野心，打开她的想象，我希望她至少要做到对什么都敢想，吹牛不犯法，空想无辜，财富不会从天上飘来阻你的路砸你的头。看到白宫，就要敢想未来入主白宫；看到曼哈顿，就要想到自己去做一个金融寡头；学英语，就要想着将来当一个外交官，再在两个国家之间居中做一笔军火生意狂赚一笔，然后偃旗息鼓、度假一生。其实，世界上没有什么不可能的事，这个世界充满着不确定性，什么都有可能，只是各人实现目标的途径不同而已。

给孩子一个理想，让他或她一生只树立一个理想，还是树立 5 个、10 个理想好？有一次作文，我让学生写出未来自己最想从事的 10 个职业，让学生为自己设想 10 个职业。写得很热闹很成功。我在培养学生的不专一，在反传统的坚定的信念和信仰这一说，在唆使学生耳听八面眼观四方，但我有意这样做。我认为，写作文不光是语言训练，还是民族思维的训练。在那一次作文中，最不具想象力的两个女生被叫来了，那时是晚 6 点。我为那两个 14 岁的女孩的未来"看相"，我说："我预支一个理想给你们两个，免费的。……10 年后的今天，此刻，你（指着其中一个），在瑞士的一家银行里有一份很肥的工作。你一个人住。你一边看一本刚出版的小说，一边想起巴黎的一个同学，也就是她（指着另一个），身上有艺术细胞的。你当即给她打了一个电话，让她明天从巴黎飞到瑞士来玩，因为明天你休假。而她在接电话时，正在巴黎的街头买一个中国人烤的大饼在啃。她觉得搞艺术需要阅历，就答应明天飞过去，但要求对方付差旅费。你说，这个小意思，OK。"两个人都笑了。

去个性处理中心和去去个性处理中心

　　门口有一个牌子，是铜字牌匾，上面写着魏碑的"去个性处理中心"，煞是厚重壮观。底下一溜七八个牌子，秀气一些，都是某某学术机构实验基地之类，有一块还冠有"全球"字样。

　　今天来去个性的有沈哲、凌晨、周辰亮、萧辰和雷娜。

　　沈哲这人，一见人就说"呆子，睡觉去吧"之类的话，声音又高又细，让人听了全身发麻。凌晨这人，是班上酸话之最，他的声音阴阳怪气，半虚半实，听了，如同有万条小虫在身上爬。周辰亮这人有满腔才华，人人嫉妒。萧辰是平庸但机灵之辈，人人皆知。萧辰总是惹周辰亮，周辰亮拿起那把宝贝雨伞就往他身上戳（他总是带一把长伞）。周辰亮能把别人摸不着头脑的数学题一五一十地讲出来，考试总得一二名，有时总分比雷娜高 34 分。昔日的班长雷娜被气得火冒三丈，走过去，不改以往的泼辣性格，不停地唠叨："你干吗考这么好，你好去死了……"过后，又回来，扯着嗓门叉着腰，说："哎，不要以为考了这几分就了不起，我下一次一定会超过你，我就不相信猪脑会比人脑聪明，这可违反自然规律。"说着，抢过周辰亮手中试卷，瞪大眼睛死劲地看，仿佛非要找到什么错误来不可。算算这道，验验那道，终于黄天不负有心人，她看到了一个小小的几乎达到了一分的错误："哈哈，猪辰亮，你还是栽在了我手里，这道题批错了。"雷娜一脸的坏笑。——这就是他们。

来的5个人换了鞋,从一个门帘处,进了一个洁白、真空环境的六边形大厅,被等距离隔离在5个拐角,相距23.6米,被安置坐在一张倾斜75度的大椅上,头上套了一个罩子,身体被许多塑胶管接通,有一根插入了他们的食管。接下来,大椅子被徐徐放平,人和大地平行。声音被消灭了。每个人眼前出现了一个巨大的显示屏,显示屏上出现的是自己的心脏在带血工作。

去个性处理,每人所需时间不同,沈哲用了67小时,凌晨用了98小时,周辰亮用了21小时,萧辰用了77小时,雷娜用了321小时。工作人员都是教育家,穿着实验用的白大褂。

当5个人都成功地完成了他们的去个性处理以后,他们互相庆贺,用手臂挽住彼此的肩膀,一个个脸上都是健康苗壮的色泽。他们乘一辆中巴回去,在车上,他们整齐地唱起了歌:"我们是……"领队老师对着他们的脸在看,惊喜的样子,好像认不出他们了,并且一个劲地感叹:"我要克隆无数个沈哲、凌晨、周辰亮、萧辰和雷娜,让这个世界都是沈哲、凌晨、周辰亮、萧辰和雷娜。"

10年以后,在"去个性处理中心"原址,挂出了一个新牌子,是"去去个性处理中心"。

改变了尖刻讽刺人坏习惯的雷娜,同时也丧失了进取心,刚刚经历了在一个招聘会上的失败,很沮丧。她失败的直接原因是没有个性。她一个人来到了"去去个性处理中心"的大门口,意外地看到了沈哲、凌晨、周辰亮和萧辰。他们也提着铺盖卷行李什么的,自费来"去去个性"了。这,让雷娜有点安慰。因为,大家的遭遇相同,她并不孤单。

可是,由于被去掉了个性,她已经不会发牢骚了。沈哲也不会了，凌晨也不会，周辰亮倒是变机敏了，但学业一塌糊涂，萧辰不捉弄人了，可也不聪明了。大家在一起感慨了一下，什么也没有责备，都认定是时间让他们发生了变化。

时间在空中默默无语，隐忍地对待他们的指责，表现得很有修养。

接下来，当然就是"去去个性"的治疗。

要住下来，情况已经不像当初"去个性"时那么简单，要先观察 100 小时，再用当初 3 倍 4 倍不等的时间来"去去个性"，并且，一次治疗的效果很有限，半年内还要来复诊。

不过，值得欣慰的是，所有穿白大褂的工作人员都是大教育家。

战马推磨

　　唐僧率领几个徒儿到西天去取了经，那路上九九八十一道磨难，不少人能倒背如流，可大家伙儿从不看那些从西天取回来的正经经书，经卷只是经卷，似乎与我们众人不相干，我们是凡人，热衷要看的是他们怎么过火焰山和过美女关的故事。"正经"者，是西圣弄了一生弄出来的，修行，领悟，参透，验证，传下来，又经过浩茫无尽的岁月和时空以及劫难，到了东土。那些参禅的人到底是一些什么人？

　　那一批人站在远离人世的地方，思考我们这个人世上的问题，他们是苦思冥想的职业哲学家，也是反映人生世相的文学家。我们这些活在尘世的众人，对这世界是什么，一个个都丈二和尚摸不着头脑。

　　《大庄严论经》卷15中有个战马推磨的故事。说有一个国王，养了很多非常优良的战马。邻国与之打仗，发生了长时间的较为激烈的战斗，后来敌国就是听说这个国王有精良的战马，立即退散而去了。胜利后，国王就想，我先前养马是专门为了对付敌国的，今天敌人已经退散了，还养马干什么，可以让马代替人干点活了，这样对人有好处。

　　国王让管马的来将战马分给众人回家去养。人把马牵回家后，无非是使用战马来推推磨。这样过了多年以后，又有邻国来侵犯。国王下令立即取来众人分回家去的战马，重新征集起来，投入战斗。可是，那战马由于拉磨拉惯了，到了战场上只会旋转，不肯前进，士兵在其屁股后面怎么打，它也不肯前进。

人家说虎瘦雄风在，到死都是只虎，那是因为虎是孤独的大动物，孤独和凶猛的东西总是不轻易改变自己。但是在这里拉磨的战马就可悲了，它的雄风已经一去不复返，让人徒生无尽的慨叹。战马本也会在疆场上嘶鸣，可现在它绕着圈叫唤时，其声戚戚，让人扼腕兴叹。

一个英雄去拉磨，他就是一头驴，这道理就跟一头猪去当狮子王，他就是狮子王一样。同样，一个人，十七八岁的时候可能是条好汉，是匹战马，二十七八的时候就难说了，三十七八他还认得出自己吗？或许就是匹拉磨的马了，到了四十七八，只有天晓得了。

学问越做越深的人瞧不起佛经这些普通的亲切的世俗的教诲，不以之为学问，顶多也就把它视为世俗的学问。殊不知，学问就是拿来解决现实人生麻烦的，如果说学问是匹战马，它就应该在这里驰骋，而不应该被套到生僻词语的磨上去，不应该到语汇的大地上去一个劲地跑马。很多的文学家都对搞学问的学问家行注目礼，怀有一种钦佩，这是尊重学问，还是以繁为好和以不懂为深？但是，学问很容易越做越玄虚，而不是越做越通透，历史上不乏把学问这匹活马做成死马的。

跟谁学谁

以前有一句话，叫吃人奶说狗话，意思是说这人不是东西。也有小虎犊子，吃了人奶或者狗奶以后，得了人性，不再伤生。人是环境的动物，跟谁学谁。

我认识的人中间，有一个人家，他们家有一个小孩，叫小飞哥。小飞哥现在已经是一个非常能干的小男孩，他自己说，如今在幼儿园他已经相当了不起，什么事都敢出头。

小飞哥刚出世时，奶奶就把他拿去当儿子养了。奶奶是我们城市周边一个非常富裕的村的主任，很泼辣，豪爽，她觉得小飞哥的妈妈性格太柔弱，如果小飞哥长大后像他妈妈一样，那作为一个未来的男人将很难让这个做奶奶的接受。所以，她自小就带上了小飞哥，到任何地方去，背上都有几个月大的孩子，身上还有一只奶瓶，她带着他走南闯北地去开会。小飞哥的妈妈在某医院上班，是个护士，很辛苦，又离家比较远；小飞哥的爸爸在省政府开车，生活没有规律。子女教育问题的重任，就落到了奶奶头上。

后来，小飞哥身上真的没有了妈妈的温婉，而有了奶奶的强悍。小飞哥的爷爷造房子，小飞哥去看了，说，这里这一间要给我的。人家问他以后要跟谁结婚，他说要跟姐姐结婚。他说的姐姐是站在他身边的一个小女孩。有一次，小飞哥的妈妈带他去茶馆喝茶，那里都是妈妈单位里的人，他主动要求为大家去取点心，做事做得滴水不漏，人人都表扬他。有一个阿姨家的女儿也来了，不吃东西，他就对那个大姐姐说，你不吃东西以后老公不喜欢你的，老公会跑掉的。

养育，能给孩子身上带来许多特殊的烙印。一种家庭养育文化的被取消，一种新的家庭养育文化的确立，都会清晰地表现在孩子身上。养之性，表层地看，是给予的，是外在环境给予的。不过深层地看，人的个性禀赋在最后关头还将抬头，是不能被抹杀的。养育是后天之功。现在有一个比较重要的问题是，家庭应该根据一些什么因素，来建立一个针对自己孩子的什么样的科学的养育文化。孩子只有一个，孩子是唯一的，在一个家庭里，为一个孩子的成长制定措施，这绝对是个例，是唯一，这就好像超级奢华名牌服装，要定制，世界上绝对没有第二件。家庭养育文化，完全不同于学校教育，学校寻找的是普适的措施。

现在小飞哥的个性人格里，已经有了这个家庭的一种主观性很强的性格塑造的成分，是他奶奶的殖民性活动的内容。他不是在"自然的状态下"成长的，是在强烈干预的情况下成长起来的。他的奶奶让他断了他妈妈的奶，喝他奶奶的"奶"。后来有趣的是，小飞哥认自己的奶奶为妈妈，当他和自己的爸爸坐在一起时，他说，爸爸是奶奶的大儿子，而自己是奶奶的小儿子。

我们可以来研究奶奶这样做的出发点，这个强悍奶奶认为男孩要当男孩养，她知道这个世界需要什么样的男人，知道什么样的男人以后在这个世界上走不通，她对人世和人的发展的见解在家庭里取得了一致通过，她对儿媳妇性格柔弱的分析也得到了包括儿媳妇在内的家人的认同。这样，后来的她的一切做法，就是她的教育行为了。

我们还可以把这个问题看得更丰富、复杂一点，因为教育面对的是许多不同的个体和不同文化背景下的家庭。如果一个家庭里，要对一个幼小的生命形成家庭养育文化的决议，那要考虑到这些因素：期望孩子成长的方向、现有家庭文化背景分析、不加控制下的孩子成长的可能性预期，以及改变孩子个性性格的物质条件和文化基础等。当然，这是一个特例。更多的家庭不是这样打破三口之家的稳定态势，并是在这个基础上，建设一种养育方案的。更多的只是在这种稳定的态势里做小的策略上的修补。我经常听到这样的声音，小孩子的父母抱怨说，孩子给爷爷奶奶带久了，说话走路都跟爷爷奶奶一样，所以，还是把孩子收归"国有"吧，麻烦就麻烦一点，还是自己带好。

小飞哥长大以后，读小学了，他妈妈的烦恼也来了，首先是成绩不好，但作为一个小男人，还是很变形金刚的，很生猛的，他喜欢武术，有次在运河边乾隆舫吃饭，他从头到尾打个不歇。他妈妈要我诊断小飞哥，我说，小飞哥需要学校和老师来收拾。他妈妈问我，什么叫收拾？我说，收拾就是修理。那时小飞哥来了，还哼哼哈哈地打，大声说，学校也不是修理铺！我问了他几句话，似乎他在班上也活得很热闹，很喜庆。他是一个男人，是按照社会的标准制造出来的生猛小男人，但未必是学校里崇尚的三好小男人。

丑陋无罪

《大庄严论经》卷 15，说有一户人家的妇人，在家里吵了嘴，一个人走到了树林子里，想自杀，又没自杀成功。过一段后，她爬上了树，将自己隐身藏起来。树下有一个池子，身影正好显现在水中。

此时，正好有一个小奴婢担着担子到水边来挑水，看见了水中的影子，她以为是自己的影子，马上就说：我的面貌已经这般端正了，我干吗还受那些人的气，为他们挑水哩！

她立即打破了水瓮，回到了家中，对那些人说：我今天已经长得这般了，你们怎么还让我这样有相貌的人去担水啊？

大家都说，这个小奴婢今天是中了鬼魅了，所以敢做出这样的事。又给了她一个担子，让她到池边去担水。

她又见到了那个影子，以为是自己的，一气之下又打碎了水瓮。这时，那个妇人在树上见到了这个事情，便笑起来。小奴婢见影子笑了，马上就觉悟起来。仰头朝上看，见有妇女在树上微笑，穿着端端正正的衣服，不是自己，心中方生出惭愧。

旧时，穷苦人家的小女伢儿生长得丑陋，就送到人家去做小奴婢，干点下脚事，不把她当人，是普遍的。可是，女子是会变的，人说女子十八变，越变越好看。每一个社会基础不好的人，情况也类似，都犹犹疑疑地进入了社会，怀着不相信自己的心情，踏上了人世的路。他们都一路走，边走边瞅，看有没有机会改变自己。

一般来说，越是丑陋的人越有求美的心理动机。民间谚语，秃子要花戴，就是。天天在池水的镜子里照，就是要获得一个正常貌相的人的资格。

丑陋无罪，让丑陋的人去干低等事，这才邪毒。

丑陋的人对着镜子，产生幻觉，造成的事故属于她的个人责任，她会觉悟的。她还会觉悟，自己不该依赖幻想的，为什么要产生不切实际的幻想呢？为什么要指望自己和别人家的妇人一样美貌呢？你企慕的对象正有烦恼，要投水呢！

你应该知道，每一个人的微观的心理世界里的烦恼，是大致相等的。

小奴婢，你就应该像张惠妹那样，你就是你，你就做你自己，做个有个性、有性格的自己，当然不是做一生的小奴婢。你可以扬长避短去当播音员呀，在那里，人丑一点没关系（没有攻击何人的目的，只想幽默一下）；你还也可以去缉私，把人家吓跑；你还可以去跟着葛优哥哥学，当个反角的明星。总之，改变命运的机会有的是。

故事里面的池水是上古时候没有镜子的年代里的一种奇妙的神秘之物。它可以把奴婢反映成丑陋的，也可以反映成美的。因为在这里，它仅仅是审美或审丑的标准而已。美与丑本身就是一种观念的东西。如果神秘的池水反映小奴婢变靓了，她就该变成大户人家的妇人而上树寻死了。如果它始终不变地反映小奴婢的丑陋，那么，即使她砸碎了水瓮，就能不去担水吗？上帝会发笑的，她没拿到某一张通行证，她无论如何也是不行的。

在没有镜子的年代，人们如何觉悟呢？在错误的池水的镜子里，人如何适从呢？让池水里面自己错误的幻影保留一生，又会如何？

可爱就是一切

　　有一年我认识了一个初一的小女生，梅怡。在初一的时候，有时上课她会弄一些自己的东西——咪咪小的东西来玩，与我上的课丝毫不相干。这时我会发火，有时我会把她拉到讲台前，有时我的动作会很大，但她依然那么沉迷于玩，不在乎，以为我在和她开玩笑，笑眯眯地看着我发火，看得我没脾气。她总是坐第一排，总是玩咪咪小的东西。她也不恨我，她还不会恨，她继续在上课时玩她的什么小东西。后来，我被她气傻了，只好和她聊天。于是，我知道了她喜欢小猫小狗，家里养了许多宠物，她是个宠物迷。她最爱的人是他爸爸，其次是她老妈，再其次就是她家里的宠物部队，并不是我们人民教师，也不是她的同学。

　　我们就这样熟了。她这个人很有趣，很小，很活泼，很可爱。在我下课休息时，很多时候，她会主动跑过来找我玩。她找我玩的方式也很有趣，先是来碰我一下，用手在我的手臂上碰一下，轻轻的，然后，跑开。然后她又靠拢我，又来弄我一下，用手捏我的胳膊拐，这次比上次的强度要大一些，然后弹开，又挨近。她像对待她们家宠物一样对待我。我们说话，说的是天南海北的话，她又笑又叫，还做许多鬼脸，表情很丰富，跟上课时的消极的样子完全不一样。再后来，她就敢来用手捏我的脖子了，还敢用手来打我一下。

我觉得她很好玩，就让她靠近。她像试探动物一样，试探我这个大的暴虐的动物。最后，她发现我还能和她亲近，就胆子大了，放下戒心。

又一天，我对她说，来，做我的女儿吧，来，给我捶背。她就来了，给我捶背，我感到好舒服。全班同学都看，她有点难为情，但她继续为我捶背，还笑着看着大家。后来，许多孩子来围观这一盛况，我顺手抓了一个说怪话的，说，你也来为我捶。他也来了，也开始为我捶背。他被亲近的感情和威严的要求所挟持，在大家笑着、闹着的环境下乖乖地为我捶背。梅怡看他捶得不好，把他推到一边去，由她来继续为我捶，大大方方的，俨然就是我的女儿。我真的很想收她做我的女儿，很喜欢她，但我没有正式说出口。我想在每一届学生中间都收一个女儿，这样我到老来就不孤独了。而且，凭我的人世经验和认人的本领，我收的女儿一定是一个可人的、可爱的孩子。

有一次是冬天了，天有些黑了，外面下雨，她在我办公室里等她爸爸来接她，她用我的手机给他爸爸打电话，说她在我这里。然后，她爸爸到我办公室来了。她爸爸长得个头很高，身材也很好。她爸爸对我说，梅怡在家里老说我很好。我听了很感动。又一次，梅怡对我说家事，说她妈妈在家里生病，卧床在家了。我就说，那你就要对你妈妈好一点。她说，是的，我对我妈妈很好的，我给她倒水盛饭。我觉得她真是一个乖孩子，她虽然喜欢宠物太过于入迷，但她人是很善良的。有时，她会为他们家一只小动物的死而哭泣，会哭泣很多天，上课时眼睛还红的。根据我的观察，喜欢宠物的人似乎与善良有点关系。少年养宠物，一是为了练习母性，一是为了表达父性（比如打它驯化它）。

我很喜欢她，她到初二时还没有长高，但我晓得这没关系，她爸爸那样子在那里，就不用怕。果然，初三她就开始发育，冒个头了。她的成绩不是很好，后来考了美术学校。但我也觉得这没关系，我们之间的相处很温馨。对于做人来说，可爱就是一切；对于交往来说，可爱就是一切；对于人世行走来说，可爱就是一切。人活在世界上，不是靠成绩来最终制胜的，是靠一个人的可爱度！她走后，我很想她，在我们栖居的这个人世上，善良就是一切，可爱就是一切。

我估猜她肯定又在新的环境里，又那么可人地和周围的人相处了，我断定她在任何地方，都会让别人觉得很温暖的。她这个人始终会觉得生命的任何处境都是值得享受的，她内心一直就很愉快，她并不是很要"上进"，她也不在乎许多给别人带来很多压力的东西，她没觉得学习是一件很了不起的事，她把生活、学做人放在学习之上，所以她活着就是享受，她活着就是自己快活也给别人带来快活。如果用学校的标准来看，她可能不够求上进。但我觉得，学校有时也很自我。

另外一年，我又遇到了另外一个女孩，这个女孩做我班上的干部。她很能干，也是一个很可爱的女孩。她的妈妈告诉我，说她很活络的，家里所有亲戚过年聚会她都是主角，家里所有亲戚家里遇到了什么大事，都要千里迢迢地打电话来问计于她。

一个人，如果在他的生存环境里，因为他的存在而所有的人都觉得愉快，这就是很了不起的"人品"。这样的人以后走到任何地方，都会无往而不胜的，所向披靡。人际关系就是生产力。人际关系就是幸福指数。现在许多孩子很自我，很不耐烦和周遭环境处理好关系，这实际上是在为自己将来的命运埋下地雷。

酒瓮里的蛇

《杂譬喻经》卷有个瓮中影子的故事，说以前有个长者的孩子，新娶了一个媳妇，两人甚相爱敬。有一天，丈夫对妻子说，你去厨房，取来葡萄酒我们共同饮用。妇人去了，打开静静的酒瓮，见到自己影子在那里面，以为是她丈夫在家里藏着一个女人，大怒，回去责问丈夫，说你已经有个妇人了，干吗还要再迎娶我。丈夫到厨房一看，开瓮见到了自己的影子，也大怒，以为妻子藏了男人在家。

在一个无比安静又无比偏僻的地方，我们常常会从寂静之中，或者从自己的轻微的脚步声、咳嗽声中忽然一下发现自己，发现自己和自己的家人一样，发现了自己原来也是个外在之物，原来还是这么一个让自己感到陌生的样子。在这里，人的自己的形骸和精神有意地玩了一次分离，其目的就是要吓你一跳，让你以为那厮还是别人哩。

人能不能藏到酒瓮里去？两个人能不能藏到同一个酒瓮里去？在这里，酒瓮变成这么一种东西，这就是每个人都可以借此来发现自己的那么一种物。我们来推理一下，无论来了多少人，只要伸头一看，他自己就会在酒瓮里面出现，而酒瓮里其实是没有人的。酒瓮是一个没有时间长度的永恒的存在，它会把一切时空段里的人的面貌反映出来。酒瓮只是一坛酒，酒瓮对于人们的理性认识来说，它是虚空无物的，是虚无的存在，它并不有意识地反映人们的存在与否。但问题的关键就在这里，人们恰恰就是从它的虚空中发现了自己，人们并不仅仅是在实在物中发现自己。

我们再来推理一下，酒瓮中不可能有两个人杂陈，那里永远只有一个自己，只有自己一次的影像，僻静深处的人永远也不会和别人待在一块，现实中夫妻可以为一桩荒唐的鸡毛蒜皮的小事吵架，但躲在深处的人不言不语，没有人知道他藏在什么地方，它更不会与人喧闹着吵架。在这个意义上说，人待在浮世里，人永远是心猿意马、另有所思的，人思念着自己遥远的老家。人的故乡在哪里？并不在一个真实的时空里。在虚无的酒瓮里吗？

故事中那一对相敬相爱的夫妻到底为什么发生了争吵，完全不是偷汉子藏娇之类的事，而是他们发现了他们自己各自还有另一个存在，发现了相敬相爱的人还有另一个存在。人性的独断、专有和跋扈，不允许此生此世短暂依存的人还有这样的一种存在，人们要求忠诚，人们要求临时契约的永久化、神圣化和宿命化，人世里的人们对死去同穴和在天比翼的这些浪漫的要求就典型地带有严重的永恒占有的痴妄，表现出人的不可救药的和亘古不变的贪欲，最后，世上的人们还异口同声地把它们美化成圣洁。

为什么不允许熟悉的人们有另一个存在呢？为什么不能允许熟悉的人在下一辈子解套呢？唯有酒瓮深处的自己一定不会这样贪得。

有时候，我们发现，自己就是别人。

还有一个故事，一条蛇泡在酒里，一泡经年，某年打开的时候，那条蛇带着满身的酒气，咬了泡酒人的鼻子。

大师悬空

我们中国人大多数都相信神鬼。某大师会二指禅，某大师又会一指禅，有些大师会点人家的穴位，会飞檐走壁，更有甚者，有些大师一根指头都不要，他这个大师会悬空，把自己的肥身体横悬在空气之中。其表演让人发呆，让人张嘴，让人无尽地瞻仰，就跟卡夫卡手下的饥饿艺术家表演辟谷一样。

特别是那些人们不知道来路的大师，他的表演总能博得更多的喝彩。人们不知道他的有关成长的背景知识，所以有关于他的神奇是顺着传言一路来的，自己很容易认同并心造出该大师来，然后和众人一道崇拜他。

人跟鬼合造大师，往往浑然天成，无懈可击。表演展开之后，观众只须鼓掌就 OK 了。

《杂譬喻经》中说以前有一个和尚被同门驱赶了，懊恼悲叹，涕哭而行，在路上遇到了一个鬼。这个鬼也犯了法，被天上的天王驱逐。那时，惺惺相惜，鬼就问和尚，你有什么事，为什么一边走一边哭。和尚说，我犯了僧事，被众僧所赶，一切供养都失去了，又恶名远扬，是故愁苦哭泣。同病相怜，鬼马上与他结成了一种邪恶同盟。鬼对他说，我能使你消了恶名，还能得到大的供养。这样办吧，你可搭在我的肩上，我把你挑在虚空中，我们行走时，因为我是鬼，人家都只见到你，而看不见我身子，人家会觉得你有大功夫的，你得了大的供养后，要先给我享用。

鬼就担着和尚到他起先被驱赶的地方行走兜游。鬼行无迹，和尚一个人在虚空中移动。当时众人都惊奇得不得了，以为这个和尚得道了。人们互相之间议论说，众僧自己修行不力，还平白无故地驱赶得道之人。于是，大家都到寺庙里呵责众僧，并要求把这个被驱赶的僧人接回来，住在寺内。

后面的故事还有一点，说报应的，不过取用已经够了，不再说了。

一种神不知鬼不觉的力量，会把人偷移到一个全新的处境里去。特别是那些借助于一种凡人看不见的神奇之力达到成功的人，更加让人惊叹不止，让人想起大师悬空。大师玩的就是玄乎，在土眉土眼身无绝技的平头百姓面前玩点超自然的技艺，老百姓马上就会给他取号大师。老百姓什么本事都没有，只会骂人和捧人。

大师行走江湖，展览绝技，一不小心成了大师，全仰仗法内功力不足而法外补之。

人是最会借助于外物的动物，人的聪明的指标里最重要的一项就是这个。

鬼在这里代表一种看不见的神力。人的内核里面就有一种飘飘拂拂的东西，人是空中的悬浮物，只不过人还寄生在一个大的球体悬浮物上而已，人随着球在飞转呀在运行在飘。人脚之所踏，不过是只小船，前后左右都是空的。这为大师悬空提供了前缘。

人从水里来，所以眼泪是咸的，所以人一见到海就兴奋；人又是从山上下来的，所以人会上树，所以人一见到山也如见到故乡般地兴奋。人是从空中来的，人都能悬空。

怀念小金鱼

忽然想起了那条死去的小金鱼。去年春天的一天，我女儿从学校里提着一只塑料袋来了，里面有几条红色的小金鱼，她欢天喜地地来到我的办公室。

一个小生命让我们欣喜，我们在一块欣赏了小金鱼。后来，我问她是怎么得来的，女儿一口回答说是老师给他们买的。之后，要到图书馆去，我们决定把小金鱼放在办公室里，放在哪里、怎么放，都做了妥善的安排。我们把塑料袋放在我的不锈钢茶杯里固定住，还换了水，把袋口打开，不让它闷死。看到小金鱼在茶杯里愉快地游动，我们才离开。

下楼时，我女儿想到了明天一天小金鱼的膳食问题，又跑回去，给它预支投下了第二天的食粮。我们计划星期一再见它。

不幸的是，星期一早上，小金鱼死了。那些美丽的小金鱼，色彩鲜艳的小金鱼，都死了，翻着肚皮，死的样子很难看。我不晓得它们死在什么准确的时间里。我不假思索，提拎起塑料袋，连同小金鱼扔到厕所下水道里去了。

我的茶杯里也有了一股腐烂的臭味。我的不锈钢茶杯是我在办公室里一直用着的喝水工具，我拼命地洗，希望它没有那该死的气味。可是，那小金鱼腐烂的气味异常深入，似乎已经渗透到了它的金属组织里，无论我怎么洗，我每一次倒水泡茶都摆脱不了那一种生命死亡的气息。

傍晚，女儿又来了，可是小金鱼已经不在了，她也很失落。

而我开始一个劲地追问她小金鱼到底是怎么来的。她终于说出了实话。

她很喜欢小金鱼，就要一个同学给她买了几条，带到班上。她拿到后，又带到了我这里，准备带回家去养。她是小学生，很爱小生物，这并没有错。我并没有责怪小小的她。为了喜爱，而去说谎，是小孩子的选择。

我只是为我的不锈钢茶杯伤心，我伤心透了，我把茶杯放在那里风干，好多天，都开着口，我希望它里面的气味在空气里挥发掉。

在那些天里，我换了一个玻璃杯子喝水。半个月后，我的不锈钢茶杯勉强可以使用了。我把茶泡浓，希望能盖住那透过塑料袋浸透到金属内里的气味。

时间会掩盖许多气味，如今，我还在使用那只不锈钢茶杯，可每到连续的阴雨天里，我还能一边喝茶，一边体会到那早已过去的遥远的死亡的气息，那都是那些可爱的小金鱼带来的。

我希望三五年以后，无坚不摧的时间能让那气息淡化、彻底消失。我悼念它们。那些可爱的小金鱼是可爱的，它们不愿意在我的茶杯里游泳，我理解它们。

老刘的 F1 赛车

吃过饭后，散步到操场的空旷地带，站在大柳树下，脚旁是一个圆形投掷坑和它的扇形发散面。

学校车模队的队员在那里训练。

老刘他也不懂得 F1 的规则，但也操纵起一辆车。我看到那鳖虫啸叫着，从塑胶跑道上狂冲到了草皮上，一直没减速，逢山过山，逢水过水，逢车撞车。直走，直走，遇到坎子，没当回事，一冲而上，也没腾空，就又到了红色塑胶地上！一股不怕死的精神，一股20 岁愣头青的样子。平时老刘不大喜欢运动，肚皮已滚圆得像瓜和地球仪，天天就那样走啊走，所有的威猛都扎在裤腰带里，但他操控起跑车来，竟然也还这样风驰电掣。

那 F1 还在呼啸。旁边几辆车也在跑，那是另外几个队员在操控，他们站在那里苦练绕圈等高难度动作。唯独老刘的车继续勇往直前披荆斩棘，像一只疯狂的爬虫在咆哮。老刘今年 45 岁了，也该冲冲了。当年 35 岁没冲，现在一下就到了 45。

那车冲到了跑道，又一个漂亮的大回环弧线杀回来，从我脚边呼啸而过，再直奔向草皮，一会矫首昂视，一会像飞机俯冲，在那里急速前进，前进。像流星，像飞箭，像子弹，但就是没有翻滚，就是没有扎进草缝里。

老刘自己一定也来劲了。天气无比美好，中午的阳光无比美好，刚才的中餐无比美好，不过，忽然间，老刘叫起来了：哎，俺那车呢？俺那车呢？

他的手里还有遥控器，但他那车没了。

我们所有的人都被这搞笑的事搞笑了，好几双眼睛都在找，学生的眼尖，可找了好几个区域也都没有找到。最后，一个轻捷的学生跑到了塑胶跑道前面的铁栅栏下，轻轻地捞起了老刘的F1。

只一秒钟还不到，老刘又让那车疯跑起来。他手里的遥控器根本就没停过！

那车呼啸着回来了，老刘弯腰看视，我们都围过去，想慰劳那凯旋的英雄，忽然，我们都大叫起来：咦，还有一只轮子呢？

老刘却笑着对学校车模指导老师说：你瞧，这不？三条腿也能跑得这么快！

刚才那轻捷的车模队员又跑到草皮上去，替老刘找到了一只腿。

装上腿后，那跑车又是跑。这次没跑多久，在半路上趴下了，怎么找原因都没有找到，车就是趴下不动。

最后，车模队的指导过来了，他拿起老刘的遥控器，拆开来，正式宣布说：没电了。

那指导老师的手心里都是充电电池，那些电池经过反复多次的充电，都伤痕累累，有些用透明胶带缠着，有些用创口贴绑着。

Game is over。很荣幸，我亲眼目睹了老刘在某中学操场进行的F1赛车行为，无比英勇，英勇无比！

念书人

　　杭州的老文教区，非教工路文一路文二路那一带莫属。当年各大中专学校的密集程度，多到难以想象的地步。每天早晚，各大学校门口，人如蜂拥，都是年轻的生命。许多年轻的生命会构成风景的。求知的年龄，爱情的季节，统统在那里汇合。那里小吃店、小饭馆的生意特别好做。许多人对那一带怀有美好的感情，当年在那一带当过意气风发的学子，度过浪漫的青春时光。小天鹅11路经武林门到老城站，双层的10路车到湖滨，你们或许都记得。

　　我1996年住教工路32号（现已改155号），当时30号是杭州商学院，31号是杭师院附中。我在那住了好几年，对那一带很熟悉，也怀有深情。当时新学子来到文教区，首先在报摊上买杭州地图，而老地图上，教工路还叫教二路，还有教一路、教三路（现在的学院路）字样，纵向是文一路、文二路、文三路，构成井字状。文教区的构想一目了然。不过后来西溪河下的路名保留了，顺着河，那边是老杭大。学院路上，也大学如云。那是一个国家急缺人才的时代，社会缺口有多大，高校就有多爆满。

　　我是教高中的，但那些年电子工学院、丝绸工学院、财经学院的成人学院都叫我去上课，不晓得怎么来了那么多的学生，一片一片的人头，白天上，晚上上。一年一年，每年都有新的。教室不够，就到海洋二所，甚至到医高专那头上。

李阳的疯狂英语在杭州电子工学院大礼堂喊麦的时候，我在家里烧菜都能听见，声音排山倒海，无数年轻的嗓子一起跟喊，直冲云霄，有时连续好几天，好几场，还有夜场，严重影响我们学校的学生晚自习。不过也具有煽动性，激发我们的斗志。我工作的单位是杭师院附中，我们的学生日后要升入大学的。

我住的宿舍隔壁是财税学校，我去九莲菜市场买菜，那里有电影学校旧址、小百花越剧院。再往前，是省体校、陈经纶体校等。杭大并入浙大后，后门这边，有一个浙江大学工业心理学的院落，后来改生命科学院，我经常去，因为有熟人在。黄龙体育中心没有造好前，那里是巨大的空地，许多人种菜园，有一个驼背男子经常在那里看《圣经》，我印象很深。省图落成后，这里的文体中心基本形成了。

杭师院当时有好几个校区，文一路这里是主体，文二路省幼师隔壁这里也有一块，古色古香的红楼、木楼，有一次我在那里上课，忽然起火了，冒烟，我们赶紧跑出去；杭师院的美术学院在计量学院那边，后来并入的医高专更远。我们杭师院附中正好在它的前两个校区之间。文教区还有学军中学。

以前文教区的中小学比较厉害，是因为入学的孩子中间，许多是大学老师的后代。我们的入学学生家庭情况表上，很多是高校老师。有些年份，会占一半。现在这样的情形再也不会出现了，因为高校都搬迁到下沙、小和山、余杭了，这一带所剩很少。不过办学水平，也可能提高、形成了。学区房现象以及演化，应该这样看。这里是杭州传统的学区房房价高企区，尤其以学军小学一带为重。文三街小学、文一街小学，以前都是响当当的。我们这边，还有省委党校、团校、警察学校。浙大玉泉校区老师的孩子，也到我们这边来上学。当年中学的生源确实不错，许多是教师子弟，素质高。

后来文三路搞起了高新开发区，马云的阿里巴巴在华星路那里搞孵化，密密麻麻的，我们去参观过。数码城、数码港、软件公司、高科技，和年轻人的高校、高校的年轻化和现代化，是正相关的，相得益彰，当年很有气氛。我很早就买了一台浙大网新的台式电脑，就是受这个气氛的影响。以前杭州最有科技感的就是文三路，现在滨江是高新开发区了，但这里还应该做一些重要的文化遗留。因为支付宝、阿里巴巴、淘宝还在旁边，不远。

有一天，我正在上课，忽然从文一路那里杀出一彪人马，齐喊口号。就在我们鼻子底下。我们也不晓得喊什么。他们走到我们高中教室下面的教工路上，我们才知道，是杭师院的大学生队伍游行，强烈谴责美国轰炸我南斯拉夫大使馆，往市政府、省政府、湖滨而去。不远处，别的高校游行队伍也纷纷出动，彼此呼应。

我那几年教高师预科班，一个特别的班级，学生从杭州周边地区来，萧山临安余杭的多，住校。1996年他们读高一时，就把户口迁到了杭州市教工路31号，1999年毕业。现在已经20年了，可有人最近才从集体户里迁走。我也一直是集体户，好多年我都不知道我们集体户打头的那个人，柳亮，竟然是我的学生。他现在在湖滨的解百卖女装。他是唯一没有做教师的。现在他们多半活跃在大杭州的各条教育战线上，也有深造、转行的。上个世纪末，杭州的教师缺口比较大，郊区县市更甚，为了救急，培养基层师资，火烧眉毛。他们这些农家孩子，初中毕业就可以脱离农门，自然愿意。他们到了学校后，和普高的学生不同，一部分成绩好的，参加高考。一部分去杭师院、医高专之类。他们的特点是比较成熟，体育成绩特别好，保持了市里、学校的多项体育记录。以前学校举办环西湖接力赛，他们的身影最多。当年杭师院附中和杭师院关系密切，曾经，更早的时候是一家，所有教工人事关系都在高校。开运动会，也到杭师院的体育场去开。

5班的班主任是陈凌云，她爸是杭师院数学系从东北引进的，她也教数学，她找了个爱人是西藏的，经常来我们办公室。我就说，一个东北人和一个西藏人在杭州发生的爱情，多美啊！

6班的班主任是杜庆平，老公是东方通信的，记得她说过她家有多少干股。当时班上还有杭州的学生，其中有我们杭州著名作曲家周大风的孙子，后来去日本，现在自己办公司。

有一次高师预科班301宿舍的男生集体去西湖边看烟花大会，一个一个都挤散了。人太多了，楼志强忽然就被一个女生拉了手，强迫带她走。后来一聊，竟然是隔壁丝绸工学院的女生，家门口的啊。他当仁不让。

他们到了杭州后，周末很少回家，他们比一般的高中生成熟许多，所以学校也头疼。女生那里，生病了，班主任要带她去看病，还要煮面给她吃。最头疼的是晚上管宿舍，301是最活跃的。后来把其中两个调到别的男生宿舍，结果别的男生宿舍立即大乱。他们还有一个特点就是缺钱，家里底子薄。有一个感人的故事，化学老师孙伟华老师也是校长，经常拿钱给学生花，没人知道。她没有自己的孩子，爱生如子。校长郭禾阳去了市委党校后，她当了校长。有一个学生后来读博了，她还写信问缺不缺钱。那个博士缺，真的缺，但他回信给孙校长说，不缺钱了，谢谢。他不好意思永远受资助。他现在在义乌的一家银行做老总。遇到这样的校长，他们中间很多人后来都选择了化学专业，这让我这个教语文的汗颜。有一种教育很深刻，完全超越了学科和专业传授。20 年后开同学会，那个老总告诉我们这一点时，我仇恨地看着孙老师，说：我为什么到今天才知道？

他们当年确实是需要帮助、需要影响他们的人。有一部分直接保送到杭师院，计划安排你必须读小学教育，因为小学教师缺口大，你必须服从。然后，哪里来，哪里去。现在，很多是大杭州地区中小学挑大梁的，还有省内外高校做老师的。20 年前，他们并不知道 20 年后自己是谁。20 年前，翠苑电影大世界落成后，刘德华来剪彩，他们蜂拥而去。黄龙体育中心建成后，那些年时兴摸奖，大家都去摸，人人去摸，有一个萧山高个子男生摸了一个大奖，洗衣机。哇塞，不得了，举校沸腾。没有钱的就去看热闹。师范教育，一个硬性的目标就是把人手缺口补足，还有一个，就是人格方面的养成，精神方面的完善，因为他们面对的人，更弱小的人。现在杭师院附中已经迁到三墩，变成杭师大附中，还为国家开设了新疆班。原杭师院东区、西区已经不复存在。

杭州的文教区迁移到了下沙、小和山等地。高新开发区到了滨江。阿里巴巴、淘宝、支付宝都有了新的地址。不过，老的文教区这里，当年真的是一块热土啊。

练习爬行

　　我最近发明了一种叫爬行练习的运动。尽管这名声不大好听，但我仍不敢自秘。我并不奢望它能成为像攀崖、滑板一样流行的时尚运动，但却十分愿意说说这种练习的形式和心得。生活在现代都市里，我们像抑郁的鹌鹑蛋一样。有一次，我买了无数枚鹌鹑蛋回来煮呀剥呀的，发现每一枚蛋壳上都布满了褐色点，那无疑是血点经色素沉积而形成的，联想到菜市里那些挤在笼子里的等待出售的瘦鹌鹑们，我不由地生出怜悯之心。就是那些鹌鹑生出了这些褐点蛋，一定是悒郁所致，很难用别的什么理论来解释。现代物质文明的挤压，使我们有回到远古的企望，使动物们都想老家。

　　某一天傍晚，我和我女儿散步来到了一个大操场边，那儿的草很厚。时值夏季，星月已垂，只有我们两个坐着，一整个大操场都空着，市嚣声也远了。周围是树木，已显出暗影。没有人看见我们，就是在那块草皮上，我们练习起了爬行。起先，我们用四肢文雅地缓行，那似乎没有什么，让我们觉得做个简单的动物简单地生活并没有什么了不起的，并不富有挑战性。但是，当你加快速度行走时，开始像动物一样疾走时，两臂就不能承受生命之重了。无疑，奔跑、咬斗都是我们失去的优势了。我们很难弄清，我们在进化的同时，其实我们也在退化。在这个问题上，也许大家有异议，问题是看你用什么标准来衡量现代人的现代状态。此外，爬行练习使我们很好地体会到了爬行动物的视野问题。以前我也思考过这个问题，但一直说不清道不明。在爬行时，人的头和脊椎（当然也和尾椎即屁股）处于同一水平位置，不像直立的动物那样可以顾左右而言他，头及颈椎不够灵活，顾盼和上看都较为困难，以爬行的姿态朝上看人，眼光里势必要流露出劣势的自卑神情。天下很多的动物都能摆正头跟屁股之间的位置关系，唯有人不能。

　　练习青蛙的腾空动作难度似乎更大一些，下落时两臂受到震动而麻木。更要命的是动作变形，蹲跳上跃时难以避免露出我们直立的人的本性，动作里总是有人的作弊的讨厌的影子，而且有冒充青蛙的作伪的影子。那时，我们觉得，与青蛙的可爱相比，我们人简直不是东西。当我们把头和身子放在与地面平行的水平面上时，时间稍微一长，我们就莫名其妙地头昏。在这一意义上，爬行练习显得格外有意义。我们已经习惯于把头顶在肩膀上，我们是不是也该谦虚一些，不要整天昂着头做出星象学家的样子。这当然不是鼓励大家夹着尾巴做人，其实，人人都知道，夹着尾巴做人是天底下最大的学问，那样的人本领特大，比昂着头、大头朝上小头朝下的人做人更有水平。上古角力，中古角智，下古角忍啊。

动物园

夏天到了虎跑一带，立即会感到点山间树木的寒气。这里只有一条道走车，周围都是树、公园和山，两边都是。再往南去是六和塔和钱塘江。这是块好地方，李叔同选这里出家怕就是爱此地清净，肌肤香，骨头也香。动物园在树木繁阴之中，大门还是没变，门票涨了。里面的游览线路图还是没变，这样倒也好，走起来熟悉。

我先进孔雀园，几只又瘦又小又脏的孔雀跟家禽似的，走来走去，都得了抑郁症一般，只有颈子上还有一点点富贵的宝石蓝。我不知道这该怪谁，是怪这种孔雀品种不好，还是该怪养孔雀的人没养护好，要么就是孔雀思念它的出生生长的社区，不能接受别地文化。当然，极有可能是动物园里养了些值钱东西，相形之下，孔雀就贱了，不被重视了。游人不断，转一圈，没看到啥，就出去了。记得以前这里叫百鸟园，天上张着一张大网，里面百鸟鸣啾，上窜下跳，好不热闹，树上石上高处低处都是大鸟小雀，天网恢恢，却融融穆穆，算一番情景。可如今这儿啥玩意都没了，但好玩的是，人还是照来不误，反正是来转转的，他们也并不晓得这里曾经全盛过。

进了大象表演厅。大象被驯服得学会了像人那样拱手作揖点头哈腰地讨好别人，旁边有一个发指令的人，我想他可能是大象厅的厅长。堂堂大象做起这般孙子事情来自有一股辛酸泛过它的大面积体表。大象的皮肤黑而起皱，严格地说，那可能不是大象而是儿象，因为看上去吨数不够，体积也差一点，不过这更可悲，驯象者还很懂得教育要从娃娃抓起的道理。忠厚是无用的别名。一头象上了高处，鼻提鲜花，向另一头象献花。它们好像在演一个故事，或者说是几个驯象者编了一个剧情，在让它们演一个故事。后来，播音小姐说它们永结白头之好了。人们看着，好像确实是这样，它们永结白头之好了。不过真正的情况只有象自己清楚，但象并不言说。大象已经成功地学会了与人合作，人成功地使大象学会了与人合作，双方都取得了成功。只是在一处，象捍卫着自己的尊严。那是驯象者将象脸上的红肚兜往下拉时，象用鼻子坚决地要往上推。驯象者拉了三次，它推了三次，它不愿眼被一只道具红肚兜挡住。这是一个小小的细节，反映出动物本性，象还是象，还有自己的脾气，它作为一个生物主体还没有完全丧失。

就是在这个大象厅，后来老虎来表演。这里有好戏看。虎先被连笼子一起弄到了入口处，虎郁郁寡欢地坐在里面，很像卡夫卡的饥饿艺术家。有时，站起来走几步，一个劲地想出来，但笼门关着。后来笼门打开了，虎却害怕，慢条斯理地坐在笼口，不愿出来。驯虎的用根什么棒激它，虎出来了，但不想表演，驯虎的继续用根棒激它，虎竟回头做了个大怒的样子，口也开了，吼声也发了。虎瘦雄风在。那驯虎的往后一闪。那时，我们这些看台上的观众大乐。可是，我们都高兴错了。虎虽有不可冒犯的意识，可驯虎的有招儿。招儿阴毒，是强权的另一翼翅。那驯虎的有一根长长的端点处有一个金属轮儿的玩意，颇有杀伤力，用它在老虎后面一滚时，老虎就吓得屁滚尿流，不再敢还嘴，让它上什么虎就上什么，让它钻火圈它就钻火圈，拨它的尾巴摸它的屁股它也不敢咋的了（一种男性的、不是用来煽情的老虎屁股，老虎自己却护得很紧，这值得生态学家们好好地研究一番，出几本书），让它骑上马背它也乖乖地骑上马背了。

马迈着文静的碎点步子，带有那么一点炫耀心理，它跟人早就混得熟了，正做着可人的样子给老虎看哩，不像老虎钻火圈时那样吊儿郎当的，不像老虎那样有十分力只使一分，一定要到临到火圈时才起跳，工作没有积极性，好像人类给它的工钱不够似的。作为人类的老仆人的马，相当瞧不起不愿与人合作的不可救药的虎，虎的基因里就没有一点点文明的接受装置，十分需要进行外科手术式的芯片插入术。熊也来了，来展示它的行动的敏捷和灵巧。熊骑三轮，又骑自行车，像个习惯于城市生活的民工一样，如鱼得水地在台上，干着驾轻就熟的事儿，兜圈子，把人的眼看得眼花缭乱。熊走路的样子特幼稚，特憨。有趣的是在它退场时，幕帘掀处，那里是个斜坡，熊原先是双手推着自行车在观众的欢呼声中献幕退场的，一切都在按程式办。只是在那个幕帘处，熊才露出了真相。它跟骑车人似的，贪下坡一路溜下去，动作极其熟练，单脚踏自行车，顺坡走了，像个老工人一样回家去了。那时，它给人一种感觉，让人相当不是滋味，它刚才的笨拙、熊样全他妈的是装的。眼下它不愿和大家玩了，要回家做饭了，要回家和老婆亲热了，就溜得快。刚才只不过是为了一份工资。

真正的在大象表演厅里表演的应该是人，人是操纵者。大象也好，虎也好，马也好，熊也好，都是前台的动物，这跟天下所有的动物表演一样，没有哪一场表演是动物自发的，实际上都是人在进行驯兽技术的表演。内行看门道，外行看热闹。人一旦甩起了响鞭，马就跑得快。人还直接出了场来表演，总共有3次。第一次是一个男孩和一个女孩，两个人从熊退场的地方孩子气地打打闹闹上来，女孩在男孩头上打了一下。玩顶碗杂技的是男孩，在不稳的桌子上踩着轮板，平衡感棒极了。女孩蹲在一个单轮车上，给桌上面的男孩递碗，一下一下地朝上抛，不晓得是女孩赌气有意往边上扔还是刚开始扔不准，失败了两次，男孩头上都没接着。等到后来有人来垫稳了桌子以后，男孩大发神威，用头接住了许多高难度的空中飞碗。末了又上来了一男一女两个青年，女的是一个成熟的短装女性，上面短得高吊，下面张得很开，和刚才两个少年比完全不是那么一回事。无疑，观众都盼望她来进行表演，以便进行游戏规则允许的公开的窥视，来大快朵颐。可是，这天成熟女子没有动弹，没做动作。从她那样子猜好像是她来了例假，眼下为了工作业绩，正带病坚持工作，但她不露馅。她没做实质的表演，连适当的抬抬腿都没有。人们心里都失落落的。最后来了两只小妖女，一只3岁模样，一只7岁模样，先摔空心跟头，后来就倒仰着双手抱住对方，两人咬合了，抱翻对方，抱翻对方，连锁反复。到了3岁小妖抱翻7岁女妖时，她做出了使出吃奶力气的样子，步子扭着，失败，喘气，再来，又失败，又喘气，再来，左手伸伸臂运运气力，右手绕两圈伸伸臂运运气力，终于把比她大得多的7岁女妖抱举到空中，但是落不了地。观众都在为她用劲，而3岁小妖一点破绽也没露，继续表演，带动了观众。表演大厅里也有了气氛。我却一直在想，这么小的小东西得了奖金或者有了商业收入以后，钱应该归谁？

　　我离开这里，到了后面看猛兽。虎山上的虎在睡觉。游客又是喊又是叫，那虎硬是没答。隔着一条水面，还隔着一方较大的空间。也不晓得虎要一睡几年。狮子也没在它的领地里露面，粪便熏得人欲醉。放养黑熊的巨池子里没水，有两棵大树，环树砌了十几米高的水泥墩，黑熊爬不上。我们意识到，人们一直在研究动物的生活习性，就是为了要好好对付这些家伙，知识就是力量。动物园也可叫动物监狱，各种动物各据一隅，不让串门，夜晚各自熄灯睡觉，没有卡拉 OK，也没有夜总会和酒吧。

狗屋那里吠声一片，臭狗屎尤臭，狗屋上不封顶，管理者一定认为狗不会爬树，但人经过时还是感到相当害怕，怕猛犬蹿出带着狂犬病毒咬你一口。如若那样，你就要变成一个回到公司日以继夜夜以继日干活的工作狂了，直等到注射了一针解除狂犬病毒的水剂以后你才下班（此种做法已经申请专利，搞考勤工作的人不得援引此法）。有些笼子空空如也，牌子上明明有标识，可主人午休时间概不会客。又看了爬虫馆和水族馆，有名无实，就出来了。这些东西还是到杭城的各大餐馆里去看的为好，也丰富一点。

从动物保护主义者的角度来看，动物园是应该衰败的。那些天上飞的地上跑的土里钻的都可以到麦克风前发 10 分钟的言，是该给它们分一点地球居住权的时候了。至于土地证，也并不是应该由我们人来办给它们，我们不能胁迫它们服从我们的规矩和文化。这世界变化得很快，连古董都变新了，但是，所有被人奴役的动物还不愿意买绫罗绸缎，而依然故我地愿意裸行，这其实是对我们人类的挑战和蔑视。我们必须趁复活的翼龙控制了人类社会之前解放所有的动物，拆了动物园，否则，强大的翼龙一旦到来，说不定就会因势效尤，把我们也关进了动物园，甚至把我们制成标本，泡在福尔马林里。

被改写的人类智慧

　　未来人走在大街上，身上有一个万能终端，当他发出一个语言指令以后，全世界的联网大图书馆就会便捷地把他要查询的问题用语音的方式明示出来。在未来，知识像那些土块砖头一样，是某一种原材料，并且像狗一样，招之即来。它也有价，但价格已经大跌。未来人的学习不是记忆知识，而是获得查阅、调配知识的能力和转化知识的能力。知识成捆地、打包打好了在那里，在仓库里，冰冷地放在那儿，等待着人来激活它，它以不被人用为耻。在未来，智慧将不再是知识，智慧是使用知识的能力。智慧还是能辨别出什么是伪知识，知道什么样的知识值钱，在五花八门的知识中优选，找到更值钱的知识的一种能力。智慧是恰当地分析自己的现实处境，找到对应的解决问题的办法，用那些土块砖头的能力。

　　世界重新回到读图时代，图声时代，直观影像时代。因为抽象符号除了有功于记录和记载外，也把人类害苦了，人类被符号操纵者绑架。大量图片、声音资料保存在图书馆里，把世界本来的样子给人们直观地展示出来。未来，人又用古老的声音语言来干他所想干的一切了，就跟原始人一样，把文明时代发明的许多"中介"扔掉，就跟扔中国老百姓家里的凉席、光板床、毛毯、小夹被、二夹被、棉被、二棉被、大棉被、驼毛被、鸭绒被等一样，很是繁琐，其实只要家里有了空调，一切都可以从简。文字曾经风光过一时，记载过许多东西，但在未来只被用来描述（声音和图像难以表达的）微妙的人类隐秘的情感，这种劳什子也只有在这里还有用场。人们要知道1966年的事情，去调用1966年的图片和有声资料好了。人们要了解19世纪的欧洲人的精神和心灵，去看福楼拜和听贝多芬好了。所以，今天正是摄像机和录音师忙得咯血的时代，你看张艺谋们瘦的！

但是，图片和声音也是苍白和脆弱的，它们的单维性和单向性很快就暴露了它们在立体时空时代的蹩脚货本性。它不能提供情境。它对真实时空来说，是单一孤立的，是不真实的，就好像是从真实情景中抽出了一根纱线一般。无声电影时代已经玩完。人类在2000年就能比较熟练地进行异地实时对话交流了，这从技术上取消了地域性。人可以在地球的任何一个地方和太空中的人进行对话，而且还有对方栖身背景的出现。从这个地方继续往全景全息时代进步，是用不了多久的。

人总活在具体的情境中，人最终要把世界全面、真实、极富情境感、多维、多向地展示出来、记载下来，让一个3001年的人能一下真实地回到2009年，回到过去的那个特定的场景里，而且有身临其境之感，风是2009年的风，太阳是2009年的太阳，风情是2009年的风情，话题是2009年的话题，从技术上彻底取消时间。未来人可以成功地和过去对话，可以活在"过去"，只要他愿意，他可以回到他的祖先那个时代去，到自己祖先的田地农庄去走走，他们自己家就保存着全信息的祖先时代的"过去"资料，自己可以随时"回去"，但唯一遗憾的就是不能和作古的家人口口对话，只能和一个光影影像的祖先说话。

由于有大量的自己家人的声音资料作依靠，人们很快就通过语言逻辑学把自己家里一个世纪以前的先人的说话方式搞定了。通过电脑编程，轻而易举地就设计出他的家人在何种情况下肯定会说什么样的话，根据他先人的血型、气质类型、思维特征、生活经历、心理经历等等，这对人类来说，简直是小菜一碟。这以后，和古人对话就不是不可能的了，到古代去采访就得以实现，时间在生活实际中被取消。而当时间真的被取消，地球上也就没有了死亡。而那些已经真实死去的人，如果不能通过生物技术复活，那才叫真正的死去。但是，修复他们，复原他们，再现他们，并不是容易事。那些在我们之前已经死去许多世纪的人，与现代技术无关，不能通过生物技术复活。但是，修复、复原他们的生命也许也有可能。

另一个生命

电影《钢琴师》里有一个经典情节。二战时，华沙被夷为平地，一位犹太钢琴家躲在一片废墟中像动物一样生活，像老鼠一样战战兢兢、四出觅食。后来，这个衣衫褴褛的家伙被一德国军官发现了，德国军官问他是干什么的，他说他是弹钢琴的。于是，他被带到钢琴旁，弹奏出一串充满深情的旋律。从那以后，德国军官每天送来面包、果酱和黄油，最后还给了他军大衣。在那德国军官的价值观里，战争是可以进行的，杀戮也无所不可，敌方的首都可以被摧毁，但音乐应该被尊重，艺术应该受到敬畏。这个军官有他的畸形的观念。人有两个生命，一具行尸走肉的躯体，一套关于怎么活的价值体系，后者支配着前者。教育，就是建设人的价值观系统的精神灵魂工程。

我在高中教了十几年，在初中又教了5年，观察了成千上万例成长中的个体，做有一定的笔记。高中生已见几分成色，不易观察出他们的本性。他们已在努力做一个社会人，按照榜样或自我设计的蓝图在构造自己。初中生则不然，他们很坦率，敢暴露自己的思想。

初中生走到我的办公室，会无所顾忌地和我说话，她会叫起来：啊，老师你一个月就这么点工资啊？……我爸一个人一个办公室，我妈也一个人一个办公室！他们的价值观通过他们的言语、行动经常性地表现出来，从不掩藏，你也不需要分析，就能获得他的生活态度和对人世的态度。

在学校里，有一个少年居然在我面前说出了这样深刻的话：这是一个流氓世界。我问她为什么这样说，她说这是她爸爸告诉她的。然后，她告诉我说她爸爸对世界的看法比较悲观，说这世界上许多人都在抢钱，在排挤别人，在捞得更多，一世界都是政客和商人，几乎没有几个真正的好人。我觉得很难改变她。我可以让她守纪律，但我很难改变她心里的这些想法。从她的语气里可以知道，她很崇拜她爸爸，我一筹莫展，一个人的价值观只可以影响，而不能强制性地改夺。

同时，在班级里，有几个女生在长期观察一个现象——看谁家更有钱。她们认同社会潜规则，谁家有钱，谁就被尊崇。当有人被指认说他家很有钱时，那男生立即就表现出一种奇怪的得意神情，开始炫耀起来。女孩和女孩聊天说，学习成绩并不重要，以后嫁一个好人家就行了。于是，这男生就开始有英雄情结，一心在班上表现得很阔，也一直想制服谁，他特别想制服那些比自己强大的对手，他和老师敌对。他爸爸是做官的，有次坐凯迪拉克加长车来了。之后，他就问我：老师，你为什么不做官？他把做官和享受必然地联系起来。现实世界是无数错误价值观的迷宫，处在经济迅速发展时期的社会，各种精华和糟粕的社会文化全部晾晒在外面，还没有建立起真正健康的社会文化，这样，有操守的教育也只能在学校里发出苍白无力的声音。

一位澳大利亚警察局长因为自己去学习去拿学分，回来还要加班补上工作量。一个外国官员若是要请人家吃饭，他是要自己掏腰包的。而我们中国的领导，一般来说，吃的都是公款。这样，澳大利亚和中国孩子在价值观上肯定就不一样。不在价值观上改变一个人，是肤浅的教育。

不幸的是，落后的价值观也能成为人成长的积极动力，比如书中自有黄金屋，这真可怕！价值观就是一个人的另一个生命，它和这一个生命一样，也在茁壮成长。如今的学校，是各种社会游戏规则的预演场，不是圣地，早已经被社会和商业力量冲破，里面并没有对人的深切关怀和对高尚精神的敬畏。教育缺少理想，学校并不在做为天地立轴、为未来造魂的事业，只是口头上这么标榜。孩子很稚嫩，他们并没有罪，但有人把毒性很自然地注入他们的肌理。一个成人有他的价值观体系，他准备好了这一生怎么活，他有工作的价值观、交往的价值观，而一个天真的孩子带着自己彩色的生命来了，他希望大人给他的袋子里装东西，然后，他将带着那些东西去飞翔。他还是他，但他的生命已经被我们抽换了。

语文组

　　我和光锡、正荣、玉成，同一年分来无为一中语文组。我在无为一中工作了 10 年，一生最好的时光，感受最丰富的时期，在此度过。无城在宋代是和扬州城一样扬名天下的，四面有围墙、城门，外面有护城河，里面有东西两座寺庙，西边寺庙边的地被徐庭瑶买去，做了洋楼和书楼，后来形成的西大街劈开了徐庭瑶家的地盘，把他的洋楼归到了无为县医院，书楼归到了无为一中，还有一部分楼体归到了无为中学。最初，无为一中、无为县医院、无为中学都紧挨着。1984 年刚到无城时，好像还有旧城门楼子旧城墙，墙缝里满是草。北门破落黄金塔上，全是草和麻雀，味道好极了。同年到县城来的，都走得近，无为中学的李锡林、二中的戴茂年、职业中学的王国兵、师范的周可斌、沙德新，政府的小马、小冯，我们都亲如一家。命运这种东西是不存在的，但又无处不在。人间，同年同月，同船过渡，一起厮混，就是不同，一辈子记忆里，就是这些人。更熟悉的，当然还是无为一中的老师。当年我们都住在校园里，玩在一起，吃在一起，闹在一起，同事关系之外又加了一层更深刻的伙伴关系。

　　当时我们语文组年龄最大的是吴越老师，刚退。每天从他家门口经过，看到他，他已经不上课了。据说他绘画很好，是工笔画，可我没有看过。又听说他是学法律的，国家公检法被砸烂许多年，他没有用武之地，来这里教语文。还有一个徐老，徐慎修，在办公室，每天抽烟，脸上都有釉色，教初中，据说是淮海战役中投诚的国民党文书。大概是高中语文组长施丽男对我说的，或者就是初中语文组长王长松，或者就是倪受保、倪小平。徐老后来给我介绍对象，和我聊天，说解放初，他拿两块钱下馆子，两块钱，那就吃不掉啊，人家还要找钱。他们两个人的儿子，一个叫吴泱，一个叫徐斌，我们都认识，他俩踢球配合默契，撞墙式过人，很溜。我当年也踢球，但都是野鸡武术的路子，能腾空扫球，能跃起胸部停球，但更多时候找不到球。进球了，是歪打正着。刻意要进的球，一般都不进。就如人生。王长松和徐老说，你在无城教书这么多年了，有没有认识的女孩子。于是徐老就认真地给我介绍，见过几个，处过一个，但我后来转筋，翻掉了。她的妹妹就在一中念书，读高中，有次到我门前来骂我，骂了一句就走了。现在想起来，很多感慨。和我谈的那个女孩说有次打雷，一个滚雷进了她家。幸亏我没有进她家门。记得有次来人，襄安中学的黄达腾，让单，到她家住过一晚。往事历历，都能想得起来。如果不想，许多往事会被埋葬。年轻时候，我们对那些曾经好心帮助过我们的人，都不思回报，理由是我很忙。回忆是重活一遍。人先是用自己七情六欲的身体在红尘滚滚的世上活一遍，那时并没有什么逻辑，活得生猛，等回忆时，有些事，才真正搞清楚。终场胜利的永远是莫衷一是的人间，但人之所以是人，还是要分得清一些好歹是非。我们都是肉身，尘埃之身，凡尘一粒，并不能老是公正、正确，不能永远珍重值得珍惜的一切，更多的时候，我们是和错误相伴。她妹妹当时骂了一句什么，我没听清。那次我的单身房门是开的，她冲着里面的我说我才发现。

她发现我发现她了，就走了。我猜，她大概是说她姐现在很伤心。后来，徐老和王长松都和我谈了，问我到底怎么决定的。王长松老师甚至还出了一个馊主意，说她姐姐你看不上，你还可以处下去，她妹妹还是很漂亮的，马上毕业了。王长松老师是一个很漂亮的美男子，儿子黑蛋也漂亮，女儿王江村也漂亮，他知道漂亮的价值，知道人世上美貌如何受人欢迎，能得到许多便利。他是真关心我，为我着想，我没敢想下去，也没有继续走下去了。我大概的意思是，局长的女儿不愁嫁，让我走吧。我没有勇气去告别，去和她的爸爸妈妈说一句再见。其实一个男人，应该有正视一切的勇气。

我最好的青春期就是在无为一中度过的。人只有一个青春期。

当年语文初高中在一起活动、办公。语文组是平房，一个很大的空间。隔壁是政治组，金立志他们，小许多。那边是数学组，也很大。差不多一间教室大。施丽男的老公邹广仁在无为中学教语文，后来也调到无为一中来了。潘礼秀老师的老公在教育局当局长，又到无为中学当校长。县长的妻子也在我们语文组。还记得汪庭凤老师，而且我对她有一件抱歉的事。有一天傍晚，她和潘老师在说一件什么事，小声说，说了好久。我在老远我的办公桌上看《新华文摘》，很大的办公室大概就我们三个人。下晚，我看好东西后，忽然对她们的谈话接嘴，说了一句没有恶意的话：过分谦虚就是骄傲。当年我们是多么喜欢用一些名言警句啊，年轻时候的所好！过了许多天以后，潘老师忽然对我说，你那天把汪老师气坏了。我这才知道，你不在那个语境里你就不能插嘴，多嘴。后来我在杭州日报上写一些小文章，写过一篇《一地泡桐花》，就是为这个事道歉的。当年我们语文组前面，土、瓦砾中间，有一棵泡桐，在蒋主任、陈修珑、陈修国的教导处窗子边，春天会有一地的泡桐花落下，看了让

— 孩子与世界 —

人伤感。人世上的事，有些很脆弱，如果彼此信任、理解，混得很熟，随便怎么说都可以，不会闹出许多不愉快。

受保教语文，他从纺织厂造反，贴大字报，串联，去过越南。他是中年人，健谈，和我们很能接近，说得来。喜欢看武侠小说。当年许多老师喜欢看武侠小说，到西大街摊子上，一本一本租借。书都看成烂狗肉了，学生也借。我们就收。数学组吴曙光老师、赵啸泉老师每天傍晚在家门口叼根烟看。那时候也不做家教，就是为了吸引学生，一个教书的没看过几本精彩的书还怎么哄学生？那个年代是一个青黄不接的时期，国家特别需要人才，每根电灯杆子下都有学哈哇伊的，大中小学校里教师也青黄不接，我们正牌大学生来了，是新鲜血液。无为一中初中高中在一起，需要许多语文老师，老师太紧缺了。文印那里，刻钢板的调来了一个，教初中语文，他主动要求。以前我们教语文的写字都不错，至少你要写得一手好字。他没有文凭，没受过教育，来了后，虚心请教我们许多许多。他刻钢板，字写得最好。字写得好，也是你的语文基本功，以前很重视板书，这属于语文仪式感上的东西。语文分形式语文，包括器物语文和内里语文两种。言辞，词不达意、语境不合，就是伤人的言辞。一个人学语文如果永远停留在言辞阶段，就是到老不争气。言辞的后面，才是事理和逻辑。语文的最终指向是世界的本质、人生的杂相、万物的联系，和你所能理解出来的秩序。

有时候我们语文组开会，鲍继光校长会来，他总是不做声，但能决定我们的去向。他是徽州人，也是教语文出身。教了初中一个学年不到，我到高中教语文了。当年我备课非常认真，查资料，翻王力的《古代汉语》，他看了我的备课笔记，写满了，而且都是原创的，应该很满意。正荣在带班主任，光锡已经教高中了。我带的高一3班是城市班，高光曙做班主任。那时年轻，想带学生看些有价值的文学作品，比如外国诗歌、散文啊，常在课外补充给养给他们，早读读给他们听，上课还讲些现代派。但是学生不感兴趣，他们认定课文的价值、考试的作用，你和他们扯那些，他们理科生不大理你，当时他们佩服的就是数理化老师，学好数理化，走遍天下都不怕。我一个新大学生，他们只是尊重和含糊你而已，一离开我眼皮就晓得做题，一天到晚做题。我无法植入他们细腻的文学感受力。他们从全县各个学校来，来的目的就是要混一个好的未来，他们不认为文科能带给他们一个好未来，但是我还是把我喜欢的东西介绍给他们，不怕他们拒绝。他们也不会拒绝，只是不会欣赏。我当年是订阅许多杂志的，自费订阅，王玉成比我更舍得买书，我们觉得天经地义，因为工资条里有报刊费一栏。我订的有《新华文摘》《读书》《西方当代哲学社会科学》《小说月报》《读者》等。买的书就更多，各种文选都买，短小精悍的就推荐给学生。可惜的是，我那个班一开始就准备打造成理科重点班，大部分学生周末要回到很远的乡村，周一大清早，走20多里路来，跟我的高中生活相似。他们没有学文科的情调，或情致。文学艺术修养一开始是贵族的，后来文学里的小说率先描写世俗生活，小说才被大众接受。但反过来，又被一些贵族家庭认为伤风败俗，不能让子女看。农村学生的艺术素养、文学感受力需要格外培养，我当年没有认识到怎么就地取材，而是一个劲地提供全世界的阳春白雪，其实本土作家作品的个别性和独特性，他们会倍感亲切和熟悉，也能造就他们艺术感觉的。

当时我们语文组饶世祥、李全富、卞贵平是骨干，倪小平是团委书记，李先鳌的字写得不错，县长的妻子叫耿治凤。小左、光晓、章保是次年来的，和魏文生一道。还有调到巢湖去的霍世泓、季红。

196　　　　　　　　— 孩子与世界 —

汪建华的故事我知道得更多，这里不说。梅南生也是我们语文组的老教师，有些人不说话，不多嘴，人们就忘记他了，这正好反映了世人的浮躁和迷失。我到他家去过，干干净净的摆设，除了书，没有多余的东西。还有一个同样不做声的儿子，来回都安静。梅南生的长子是学霸，在美国。我们这些青果豆子一来，他们老教师就松了一口气，这么大的学校，许多活要人干啊。老教师很多是"文革"时期被打到乡村的，后来勉强上位。一届学生很快就过去，我带的那个班鲍三中考到了清华大学土木工程，张显超考到了上海交大，张君宝考到了北京邮电学院，范静怡考到了中国医科大学，刘亚平现在在美国的苹果公司，陈盛云已经是上市公司老总，世界各地的，都有。老师最终收获的就是那些活蹦乱跳的弟子。之后我就不停地带复读班，做班主任，文科班主任，理科班主任，也带应届班，还到无为中学去教两个班的复读班。忙，忙得吐血。到处缺人，缺教师，忙得高考到来之际会倒在讲台上，不是装的哦。

当年无为邮电局旁边有写毛笔字，写大字的，写门联门对子的，一到年底就有。有代人家写信的，代人家写诉状、写各种文本的。一支笔，一瓶墨，一方砚台，自己磨、蘸、写。这些都是活态语文。巴西电影《中央车站》女主也是干这的。学校里，初中生还写毛笔字，描红。高中生不管你的字如何丑，都不写了。写字，不是真正意义上的语文，这只是道具，形式语文。语文本质是世界的要义。语文要光照现实，你从书本上获得的语文能力，要重生到当下现实里的，要活在当下。否则，你只是记住了一些知识，储备了一些能力，不能运用它们。它们在你的知识储备里处于沉睡的状态，很容易忘掉。当时我们教语文，资料少，我们自己编题考学生，自己刻钢板，考试卷都是我们自己出的。那时，到省城新华书店买一本复习资料，可算稀缺资源。你拥有了学生没有的东西学生就会看高你，学生以为那里面就有高考题，所以他们开始崇拜你，这样你就成了优秀教师。有些老师整天夹着那本东西在胳肢窝，不让别人看他的独门秘籍。中国语文是被标准化考试害了，被各种复习资料害苦了，那些细分的切块的知识点把作为一个整体的中国语文，中国文化，肢解了，谋害完成，图财成功。当然，它对知识的普及、梳理是有功的，对知识点的准确掌握是有功的。当年资料少，我们语文教师既负责教学生，又要考学生，教和考两端是通畅的，老师也是全能的完全的老师。今天，全中国的大部分语文教师已经彻底死在各种服务周到的资料里，淹没在里面，头脑里只有考纲考点，没有一个完整的语文了。语文是什么？这是一个有意义的问题。其实，语文涵盖一切，语文非常低级又非常高级，日常一切都是语文，意识深处，文化深处，都是语文。

语文组还有一个金光俊。金光俊，金大爷，我们太熟了，家就在无为一中西大街去官巷那里。他爸的白顶永远在那里，站店。他家有一个妹妹，我们经常去打秋风，吃他家的香菜、麻油干子，每次菜品都很多，装盘小，小桌子上，清清丝丝摆放。后来金光俊喜欢盆景，一中的房子里布满了架子，架子上是一副微型的祖国山河草木图。我带他去过我老家的山上，下雨，我们采黄色杜鹃花，掌故，药性，挖，带泥的，都是他教我。他对无城历史有许多研究。哎，如果再遇到了，不要大鱼大肉的，安安静静地说说话，就是人间最美的清秋。我把当年无为一中语文组每一个语文老师都数了，每一个人都有一个语文，左其贵有一个语文，何章保有一个语文，但语文不是单一个体生命里折射出来的语文，是综合、杂相的语文，这正好说明了语文的博大精深。作为知识序列里的语文，永远比不上现实世界里的语文。

正荣有次在绣溪公园遇到一个年纪较大的女性，回来喊我们。我们都去了，那女的老公已经走了，不过留下了手写的剧本一大叠，让我们翻看。她的本意大概是让我们人间的人来演他亡故的先生的剧本，重新发现她老公，但我们年轻，只能唏嘘。所有亡故的文化，和健在的文化，构成了文化。死亡，大于存在。我们把它们加在一起，才能真正地领会世界和宇宙。陈正荣后来考到了南京大学读研究生，现在是南京市作协的副主席，对南京城研究颇深。我和他、张清泽，住在一个寝室过。陶光晓比我来迟一年，我们一起在新楼上住，玩得很欢。还有教数学的童中文，教物理的洪雨华、汪帮根。左华、詹蓓、陈建平，我们经常在一起举办舞会，那是一个开放的时代，朝气蓬勃，令人神往，可惜回不去了。希望文字能留住时光。

附一个甜蜜的点评，很有趣，是一个女生说我的：

我高一时的语文老师。很喜欢他上的古文课。切记得有一次上早读，他没上堂，班主任叫一男生去叫他。他那时就住在学校单身宿舍，结果男生也一去不复返。原来他在睡懒觉，指使男生帮他买锅贴饺子去了。好像就是从那时起，他就一直是我的偶像……

每一天都充满豪情

2005 年的暑假，杭州酷热，我在家翻理杂物，发现了 1999 年我带的高师预科班毕业生写的一叠诗歌。纸页已经有些发黄，但激情依然燃烧不已。那些勃勃有生机的诗句，说明了高中生生命力的旺盛和他们生命疆域的无比辽阔。我很有感慨，人生不再有第二个青春啊，我们做教师的，就是把自己的生命内能转化为别人的生命能量。对学生来说，中学不是你的家，你的家在广大的社会那里，你是被社会所定制的一个生命，你应该在那里腾挪闪跃，取得成功。而对我们教师来说，学校是我们永远的家，我们既然已经选择，就不再离去。

那一年，我带两个班的语文，厮守三年，记得当时对他们说："你们就要高中毕业了，今年是世纪之交，我们每个人都怀有特别的心情，这样吧，你们每个人写一段诗来抒发一下感受。然后，把你们真实的心情交给我，你们就不用管了，拼命准备高考，我来为你们汇总，一定很有意思！"我以为他们是理科生，可能不擅长诗歌，但我错了。他们每个人都热情澎湃地交来了自己的作业，让我读了很感动，真是有激情就有诗，有青春就有诗，我立即选出了一些篇在班上大声朗诵，我说："这是你们写的！真的是你们写的！"他们自己也不敢相信，但那一次他们都听得很认真，听自己的诗歌被别

— 孩子与世界 —

人朗诵出来，然后还纷纷回过头去寻找那精美诗句的制作者。不过，我食言了，我没有及时给他们汇总，也没有为他们打印，他们转瞬就毕业了。我把那一摞东西也遗忘在许多资料里。新的一批学生又汹涌来到，转眼又换了一批又一批，忙碌，还是忙碌。整个世界在飞速运动。

今年夏天，我终于把这些诗歌输入了。可这些诗句的作者，已经大学毕业，他们一定也忘记了此事，不过没有关系，我记得，而且我还保存着这些珍贵的语句。我很感激这些纪念物，它对我来说，弥足珍贵。是啊，人活一生，还图什么呢？对于一个个体生命来说，百年人寿，青年时的豪情，壮年时的实干，老年时的回味，一定是有意义的事。一个优质人生永远在奔跑，一个快要油灯耗尽的人生就是玩味、停顿。我赞叹他们，因为他们年轻，对于他们来说，每一年都是世纪之交啊，每一天都充满豪情啊，每一天都有所收获。他们奔跑，他们运行，你不运行，别人就跑到了前面，而你也就只能望尘兴叹。

现在，我愿意摘出些那一年的诗句，朗诵给今天的学生听。我希望他们能听懂，我希望他们能对接。

我热爱生活／我说是的／我害怕生活／我说是的／对于生活／我只能说／是的

不知，你为何如此高贵／让每个人发出请柬／为你等待／不知，你为何如此醉人／让全世界焕然一新／为你心动／哦，对了／你是希望／是理想

我觉得未来／它如丝绸般温柔细腻／博大精深／如音乐般美妙动人／又如鲜花般赏心悦目／你若拥有它／生活会变得陡然宽阔／旧世界会生动得吓人一跳

明天，我期待着你，就像一个/三岁伢儿期待妈妈手里的一个苹果/就像一个/恋爱中的少女期待心爱的少年的吻/就像一个/孕妇期待着自己的生命发出的啼哭/就像一个/摔倒的大妈期待着伙伴的搀扶

新世纪大伯/听说你快要来了/你一步一步地向我逼近/你猛的破门而入/把我从盲目的自我陶醉中惊醒/我于是抬头/打量你和你周围的一切/紧接着我号啕大哭/因为我发现自己从半空中摔了下来

朋友说，他要去远行了/为了他新世纪的梦/我说，你走吧/但我会留下/因为这里的七月有我要圆的梦/于是，他真的走了，没有回头/于是，我也留下了，为了我的执著

经过了流火的七月/我的名字叫世纪/明年我一岁

再过几个月我的小侄女就要诞生了/虽然我还未见过你的容貌/但你一定是一个漂亮、天真无邪的小女孩儿/你的到来将给我/给你的父母带来无限的快乐/将给这个世界带来纯真友情/纯粹的亲情/将给越发变暗的地球/送上一瓶冰镇可乐/我可爱的小侄女/你的到来是多么重要

— 孩子与世界 —

西湖： 孩子自家的院落

一所学校空了，一片湖面就亮了。

20 世纪末，我在杭师院附中，当时我们有一个传统体育项目，每年举办。每当杭城桂花第一轮飘香时，我们就觅得一个好时日，带领学生，浩浩荡荡地占领西湖。那时学校初高中在一起，起先只高中生参加，后来初中生中那些运动拔尖的不干了，强烈要求参加。再说，小小的初中生喜欢围西湖玩啊。不得已，只好增加了初中组。好在那时初中部规模很小，我们是省一级重点高中学校，而我们孵化的杭州民办公益中学，还在北大桥和商业学校那里四处游击，居无定所。举办这样的活动，最先要到市里备案，后来还要审批。

每年那个时候，学校里都是激动一片，因为高大的高中生，柔弱的初中生，都可以顺带游西湖，围西湖，尖叫西湖。

我当时教的是高师预科班，学生来自杭州周边县市的多，本市的也有一半，绝对是体育尖子集群班啊，有些在省青少年运动会上获得大奖，才得以进校。环西湖接力赛，是他们一辈子的另一桩盛事，运动加浪漫，把他们美好的青春时光，镶嵌到苏堤的风景里。他们没有任何功利目的地到西湖边做生命奔跑。望湖楼那里，是我们的体育老师在发令，拉了线，打了标语，开始计时。一群青春生命早已经腾出去。有警察帮我们维持秩序。我们的运动路线变化过，有几年走北山路，有几年走白堤。总共安排多少棒，也根据每一年的情况变化。高中全盛时期，第二棒在苏堤口子那里，接力的队员在等。整个白堤中间，设置了引导员，都是我们杭师院附中的老师或者学生。选手们对这样非等距离的奔跑没有异议，他们每支接力团队自己合理安排了谁谁谁跑哪段。第三棒开始跑苏堤，脚下有风，一直到长桥公园那里，再到六公园。整个环湖接力赛，都有游客看热闹。而我们的选手非常认真，他们像上课一样认真，因为要出成绩。

和他们比起来，来为环湖接力赛造势，来围西湖的学生，就开心多了。一所学校空了，一座西湖差不多就满了。声音更是震天。

他们孩子，你不让他们大声喧哗，他们不会记在心上，因为西湖就是他们家的后花园，他们要怎么玩就怎么玩，要怎么喊就怎么喊。每个班的班主任，带着自己的一窝孩子，在某一个区域，进行另一样的秋游，神清气爽。当自己年级的选手来时，他们就疯狂冲上去，呐喊，加油。

游客没有怪他们，西湖没有怪他们，他们太有感染力，太有生命力了，太不让人讨厌了。反而，许多游客加入了喝彩的队伍。千年哀怨的白娘子也没有怪他们，她在修炼成精的路上，不能太寂寞。记得最热闹的一次是我那个高师预科班有一个叫周慧晓的，大概是千岛湖的，个头不高，满身精肉，所以初中生和她很有眼缘。她当年是省内著名短跑健将，在学校比赛中，不管是短跑还是长跑，那都是遥遥领先。当她最后一棒从六公园出发，飞起来时，那时六公园那里还有一群飞天雕塑，初中生围在那里的多，他们都开始喊：飞天，周慧晓，飞，周慧晓，飞起来，周慧晓，飞啊飞，周慧晓！她当然在尽力飞跑，手持接力棒，迅速摆动，头颅怒起。初中生的声音在西湖湖面飘动，那群体性的喝彩，能让浪里白条张顺黯然失色，让整个一个白天的西湖喜庆。西湖有许多夜晚的幽暗的故事，但这是一个秋高气爽的白天的故事。

西湖就那样生动了，每年一次。这样的活动延续到本世纪初，但现在学生不再去群体性地围西湖了，不再每个班派几个代表，带些水、零食，做服务工作。这些都成了记忆。

如果西湖底下有一张磁记录圆盘，把所有西湖边发生的故事，历朝历代，每一个朝暮，包括鹤事、梅事、闲散事、公务事，都记录下来的话，那我们的喊声一定会胜过一切。苏小小的墓，太寂清。岳飞的坟，太壮怀激烈。湖边的柳，无论如何，都需要人来欣赏。一座西湖，最不能缺少的不是景，是人，是最具有生命力的人。人走在西湖边，西湖就活了。故事走在西湖边，西湖就灵动了。除了人，一切不过是风景。

在昔日孩子们的口中，或者老杭州的口中，西湖就是我们家门口一个美丽的大水汪汪，许多小学生去湖边义卖过，上世纪末湖面结冰，许多中学生去试过厚度，他们最喜欢世界上发生奇怪的事情，他们最不喜欢无趣。当年我住教工路，夏天夜晚太热，没有空调，睡不着，就骑自行车，过西泠桥，到孤山那里乘凉。到了那里，发现有许多人乘凉，好像一个世外之世。大树，湖心，平湖秋月。至于早晚下水洗澡偷凉，我就不好意思说了。

我认识的一个人，家住新新饭店后面，是一个小学老师。她说以前她们女孩子是下西湖洗澡的，水草缠身上，那个辰光，大人不让去，草一绕在身上，身上痒酥酥麻酥酥的，就要尖叫。荷叶荷茎也碰上身，都木佬佬要尖叫。人在水里，身上皮肤贼灵敏贼灵敏的，一有东西碰着，就觉着是哪个促狭鬼扎猛子来摸。女伢儿互相用手袭击，偷着抢着摸同伴，溅出水来，大声吓唬人，都怕许仙白娘子，怕他们来了把她们变成水鬼。一个人说一声许仙，大家就尖叫。

现在这些情景，是不可能发生了，也不会重现。西湖越来越高大上，越来越现代，越来越世界。但曾经，曾经，是我们自家院落。曾经，甚至是我们的私密地，外人不可涉足。今天，西湖是开放的，谁都可以涉足。武松归宿这里，牛皋葬在此，四库全书也藏水面中间的孤山，天下情侣，各色老外，都要到西湖来搞搞。我们的孩子后来春游、秋游，去过太子湾公园，去过西湖国宾馆，去过龙井山园，去过满觉陇，去过杭州花圃，我们主动把西湖让给了世界，这里是我们对世界一往情深的眼。如果我们自家的院落变成了世界公园，我们没有理由不大气啊。

有一次，我在浙江图书馆那里，看到一拨小萝卜头排队过马路，一个幼儿园阿姨领导着他们，我们许多行人在浓荫匝地的曙光路上，目送他们往风景区走，好感动，好有生气的城市！一座城市，不能没有孩子在自家的院落里行走啊。有一年，我带我的龚自珍文学社参加钱报集团和浙江省作协联办的未来世界领袖大赛，我们打出的口号就是"我们属于未来，杭州属于世界"，我们的社员和许多别的学校的孩子一起，在钱塘江边，市民中心，激情演讲，挥斥方遒。现在，他们已经遍布世界各地。

一说到西湖，竟然这样亲切和家常，我希望这样的感觉永远有。现在散步湖滨路，夜晚，有些漆黑的青春生命在跳街舞，我常常欣赏他们，陶醉了。残荷是一种美，青春律动是一种大美啊。那些孩子们围西湖的张嘴大叫，许多个血肉喉咙，如嗷嗷待哺的小燕子，成了我个人永远的热闹回忆，我也希望它能变成西湖永远的记忆。

生存法则

自我是一个重要的东西，但自我之外是一个无比广阔的天地。

不能用你的尺子去量这个世界上的一切，别人用他的尺子来量你也不行，需要找到一把公尺。

网络空间是一个活跃之地，也是一个是非之地。一个有品德的人，在任何地方都会注意自己的言行。

可以弱一点，不要太刚强。因为你弱一点了，你和他就平等了。

在玩乐中建立起来的情感，会很牢固。

可爱就是一切，遭到别人喜欢是一件幸福的事。全世界的人都喜欢你，你就无往而不胜。

发现他们的品性里的闪光点，重新认识他们，感怀他们，永远记得他们。

学会让老师重视你，千万不要让老师觉得你不存在。

没真正走进孩子的心理世界，没有走遍它的百分之九十的领土，就不要轻率下结论。

孩子不归谁所私有，孩子是国家的。所以，有问题找国家。教师是吃国家饭的。

不会玩的孩子是二等残废。只会玩的孩子是特级残废。

老师打你并不一定是恨你，老师表扬你也不一定是喜欢你。夸奖和批评，不过是教师的手段。

全身心地投入文化学习，是对身体的戕害。

孤独会让你自闭，自闭会让你懒散。

你可以去恨一个人，恨是一种情感。你也可以尝试不去恨，不恨也是一种情感。

同学之间的交情值得一生记取，值得老来为之哭泣，所以现在不必为小事而睚眦必报。

学会消解仇恨，也就学会了热爱这个世界。

人人都会鄙视校园小偷。人人都应该变成一个正常的学生。终极目标：做一个善良的人。

他打你一下，你朝他笑一下；他打你两下，你躲到厕所里；他打你三下，你不要告诉老师。

恪尽职守的班长不受大家伙喜欢，一味包庇同学的班长也会被嘲讽。

正气是一个人身上冒出来的最高尚的气味，最顶级的天然气。

教师也会有说错的时候，凡人皆有错，抵赖才是卑鄙。

在班上，找到自己的参照对象。在社会上，找到自己的楷模。

学生和班主任是一生的契约关系，别弄扭了友谊。

有时我们会故意做一些坏事，其原因只有我们自己清楚，对别人无解。

让学校知道你存在，让社会知道你存在，让大家知道你不是一个坏蛋。

炫耀自己等于赶走别人，低调才能找到朋友。

不要在乎家庭的缺陷，坦率的人永远受到大家的尊重，护短会被别人嗤笑。

说出自己的缺陷，是勇敢；让别人说出你的缺陷，是难堪。

感化一个人，需要隐忍，需要用自己的行为来做表率。

成绩好不是犯错的理由。

习惯于说谎就是习惯性尿床，说一次，打自己一下，一次也别纵容自己。

尽快地融入班级生活里。

打击一个人很容易，使一个同学受伤很容易，把关系搞砸很容易。这是世界上最容易的事。

让一个人对你感恩戴德很难，让一个人佩服你也很难。

陷入恋爱中的男生女生，会说话和以前不一样，看人和以前不一样，如果撒谎也是没办法，因为必须隐藏秘密。

喊别人绰号要征得本人同意。

如果精力过剩，就做点好事。

如果你想打人的时候，千万不要去打人，只有你想做好事的时候才立即去做。

每个星期让家长开心一下，这能表明你能搞得定大人。

区分私情和公平心。

每个孩子都是特别的，每个孩子都是个别的，知道这一点，就不会强迫别人。

交往是人世上的一门大学问。人就是社会关系的总和。

有时我们还真应该"装"，装着没看见他们的小动作，做一个有智慧的大傻子。

群体性犯错和独自一人犯错是很不同的，游戏状态下犯错和理智情况下的犯错也是截然不同的。

道德自律要求孩子们在任何情况下都要约束自己。

某种成长困惑、某种心结会影响学习，这时，学习成绩是因变量，一定要摸到主因那里，去彻底消灭问题。

学校里没有傻子和白痴，有的只是说傻子和白痴的人。

"老大"反映了人的群体性、帮派性，人身上的江湖气，喜欢"组织"生活，这些，需要引导到更健康的班级生活上来，所以，班级要建立自己的文化，吸引学生，让学生入迷。

不要做性情和脾气的顽强守护者，那样你就是集体生活的背道而驰者。

生命感受超越一切，但这个感受要真切，不要错误地感受。

用良知来对付冲动，不要用冲动来对付冲动。

"说教"是教师最拙劣的手段，是黔驴技穷的表现，也是学生最讨厌的。

每个少年的内心世界都有惊心动魄的事，他们心性敏感，正处多事之秋。

人活在世界上，其实是一个寻找爱的过程。没有爱，比别人少一份爱，很容易自暴自弃，会觉得不平衡，会觉得天地不公。

教师难道就是永恒地拿着红笔给这个世界打叉的人？

后进生在情感发育上，是与众不同的。

少年喜欢入迷，造成他们兴奋点的转移，是我们的任务。

中等生是大多数，大多数我们牺牲不起。

我们不是要培养一些作业虫，我们要培养一些聪明的人。

孩子是脆弱的，他们像一片片柳树叶，一点点的风，就能让他们随风飘荡。

交往也是生产力，会带来效益。

大家都不愿意寂寞。恶作剧正是不甘寂寞的表现。

总是那些胆汁质的人在蹦跶，沉默的是大多数，这不是一种社会公平。

你关心他，他一个样；你抛弃他，他又一个样。

教师也是真实的人，怎么能没有真实的爱和恨，以及厌恶呢？

进行真正的男子汉训练是一个严肃的课题。

人是历史的，人永远会记住你以前对我怎么样，上次对我怎么样。

教师是一个非暴力对抗的人。

每个人心里都有一个疤结，你如果想打开它，你就要疗治它。

孩子是属于每个家庭的，孩子是被私有的，这似乎是一个中国式的问题。

单亲家庭的孩子，对父母做出的决定是无能为力的。这些孩子，有着和别人不一样的精神体验和心灵体验。他们长大以后，对待家庭、对待婚姻、对待子女的态度，都会与人不一样。

注意装扮，注意形象了，这是恋爱的前兆？

一个社会并不都是由精英组成，一个班级也不都是由优等生组成。

生理性的自卑，是人类深刻的自我感觉，人无法不笼罩在它的阴影里过生活。教育要改变对待它的态度，包括人们自己对它的态度，别人对它的态度。

公正、客观、理性、有文化见地，永远是老师身上最可宝贵的东西。

失败是错误和失误的总和。

恋爱就是中魔，就是被一股神秘的力量拉走，离开我们熟悉的生活现场，达到一个两性交往的神秘境地。教师啊，给孩子们上恋爱课吧！不能回避这个话题。

狡辩者需要对质。狡辩是推卸责任。

学生中间，有慷慨的知错认错者，他们是可爱的，也有坚决不认错的狡辩者，他们是让人头疼的。

一个真诚的老师，三年下来，学生是一定能感觉到的。

优等生更害怕失败，这是实话。而后进生无所谓，他们活得很逍遥。

倔脾气的孩子很多，臭脾气发作，天下以我为大，什么也不管不顾，这种脾气往后到了社会上要吃亏的，人生也会出现很大波折。

人无论如何也不能在做人上失败了。

外表是人的第一张通行证，心灵是第二张通行证。

青春在场，则冲动在场，则事件在场。

一名班主任，就是一名威严的法官，一名救死扶伤的护士，一名苦口婆心的调解员，一名母亲，一名伤害者的母亲，一名被伤害者的母亲，一名为孩子的成长而担惊受怕的人。她鼓动大家去做该做的事，她补救，她努力抹平一个个凹陷。她身上集中了人类很多角色，她是一个辛苦的打工者，又是一个卓越的领导人，她很卑微，也很伟大。

对人的健康的情感态度，是我们目前的教育回避的，或者说是无能为力的。

恨一个人很容易，爱一个人很难。恨别人会把自己弄扭曲的，爱别人会让自己很阳光。

人类的困境，往往就在为犯罪寻找证据上。

教育是长期的事，是人格形成和交往习惯形成的事，是对他们一生的成功负责的事。

一 孩子与世界 一

给一个 19 岁女孩的情书

如果我一直不认识你那该多好，那样，你突然以 19 岁的样子站在我面前，我就会觉得无比惊奇，甚至惊艳，因为人在刹那间是最美丽的……可惜，我和你太熟悉了。天注定我们一直认识，前世认识，今世认识，来世认识。史前我们就认识。明天，2008 年 8 月 13 日，是你 19 周岁的生日，这就是说，你已经在人间整整活了 19 年了。中国男篮刚刚对西班牙输了球，你一定不要输了青春哦。19 岁是多么美好的年龄，你可以忘了我，但你一定要快乐。马上大二了，多么美好的时光，多么迷人的青春期，多么让我想哭，因为我也曾大二过。现在，我老了，来到一次大学校园都感情脆弱。不过，我记得我 19 岁所做过的一切。那时，这个世界上还没有你，那时我还不能真正地懂得什么是爱，我也没有像样地爱过谁。但是，我身边有许多值得爱的人，我忽视了他们，当我现在懊悔的时候，他们已经和我相距得很远很远……

如果我一直不认识你，那有多好，那样我就可以爱你，可惜我认识你，我们太相识……既然认识你都这么久了，都积久成恩也成怨了，那我有一个傻傻的愿望，希望我不认识你。如果我不认识你，那我就可以爱你，可以拥有你。不过，这一定要你答应哦……

如果你不能嫁给我，那就意味着你会去找另一个男人。我不会嫉妒的，我会有些许伤心，但我一定会祝愿你的。你一定要找一个好男人哦，费德勒看来此生你是很难嫁给他了，再说，他最近总是干不过纳答尔。不过，这世界上男人多的是，找谁不能定指标也不能定时间……

这是一封给你的情书，如果没有人要你，我会很高兴的，因为你就会回到我这里。如果有人要你，我也会很高兴的，因为你将在一种爱的实习中学会爱，学会真正地去爱。我们这个年龄的人，都曾浑球过，在这个世界上狼吞虎咽过许多美丽的东西，直到了人生的下半场，才晓得体味，才能够领会。爱是一桩浩大的工程。我不会要求一个19岁的女孩懂得人间的一切的，16岁就能拿奥运会跳水冠军的实在不多。19岁的幸福，有时就是去掉过多的理性，去掉了过多的理性，生命就会像篮球宝贝那样张扬地跳舞唱歌扭屁股……

中关村，奥运大厦，奥运志愿者，为外国奥运人员调配车辆，虽然你一天20块也没有挣到，但我说，牛，你很牛，你至少吃习惯了奥运大厦上的自助餐。现在是你最牛的时候，19岁，是你此生最牛的时候。奥运在中国还是第一次举办，2008年8月，那么多人来北京，北京瞬间成了世界的中心，这也是中国最牛的时候啊。全世界的人，都不认识你，所以，全世界的人都可以爱你，你也可以爱那些陌生人，直到把陌生人都爱成熟人。同一个世界，同一个梦想，我和你，谁和谁？

哎，如果我不认识你那有多好，那样我就可以爱你，娶你，拥有你，恨你……我不会告诉别人，是谁制造你的，我不会告诉别人你的尿布是什么颜色的，我不会告诉别人你的缺点，因为你在今天没有缺点，明天也没有，以前有，但我全都忘记了。19岁的女孩，有什么缺点？你要敢在这个世界横行霸道！没有进海淀最好的学校没有关系，中关村不过是一个村子，你一定要敢在这个世界横行霸道哦！

以后我们相逢时，我们要装着不认识，这样，我就可以新鲜如初地爱你，永远新欢一般地喜欢你，我希望因为我这么多的爱，你也喜欢我……明天，你的蛋糕我缺席，你的歌唱我缺席，但我要把这些文字作为一桩心理和心情上的仪式，环绕在你那中关村的某一个欢庆场所。

把你的幸福告诉别人，把你的爱意分享给别人，告诉你身边的所有人，我也想爱他们……